Fragen zur Wahrnehmung

Die folgenden Notizen beinhalten eine Auseinandersetzung mit dem Phänomen Bewusstsein. Es sind Fragen, Vermutungen, auch Provokationen, Widersprüche. Die Reihenfolge ist chronologisch.

Bewusstsein soll hier als Wahrnehmung aufgefasst werden, und zwar als Wahrnehmung von Bewusstseinsinhalten. Als bevorzugtes Beispiel dient das Bewusstseinsbild (oder kurz das »Bild«) mit seinen Farben, das der Bewusstseinsvorgang des Sehens liefert.

Bewusstsein tritt in Form von Subjekten auf. Bewusstsein kann gedanklich in Wahrnehmendes und Wahrgenommenes, in Ich (»Seele«) und Bewusstseinsinhalte getrennt werden. Mit dem Begriff »Geist« verbindet sich die Hypothese eines vom Subjekt unabhängigen Bewusstseins.

Johann Hofbauer, geb. 1962 in Passau, Studium der Biologie und Chemie an der Universität Regensburg, lebt in Passau und führt seit Juni 2001 Tagebuchaufzeichnungen mit den »Fragen zur Wahrnehmung«.

Johann Hofbauer

Fragen zur Wahrnehmung

Bibliografische Information der Deutschen Bibliothek:
Die Deutsche Bibliothek verzeichnet diese Publikation in der Deutschen
Nationalbibliografie; detaillierte Daten sind im Internet über
<http://dnb.ddb.de> abrufbar.

Von der neuen Rechtschreibung wird nur die ss/ß-Regelung
übernommen.

© 2006 Johann Hofbauer
Satz, Umschlagdesign, Herstellung und Verlag: Books on Demand
GmbH, Norderstedt
ISBN 10: 3-8334-5238-2
ISBN 13: 978-38334-5238-3

Wer verteilt Glück und Leid?

Ließ sich am Menschen der »Charakter« des Universums ablesen?

Das Geheimnis der Vertrautheit, unsere »kleine Welt«: ein Wunder wie ein Wahn.

War Materie in einer Welt der Subjekte nicht hinfällig?

Die Bewusstseinsinhalte besitzen auch eine beschreibbare Grenze. Die Wahrnehmung begrenzt sich auf eine bestimmte Menge von Inhalten. Lediglich die Anzahl der Kombinationsmöglichkeiten ist praktisch unendlich groß.

Wir sind die ersten, die wissen, was sie sehen.

Wir sind Gefäße, mit löchrigem Boden.

Das Leben ist zu einem Hauptteil Empfangen, ein ununterbrochenes Einströmen, vom ersten Augenaufschlag an, und nicht so sehr Auswahl, das eigene Handeln ist sekundär.

Das Bewusstsein ist Erscheinung, es ist vergänglich, aber in anderer Weise als die Materie. Vielleicht gibt es unvergängliches Bewusstsein.

Es konnte keine Welt ohne Bewusstsein geben.

Man kann die Bewusstseinsinhalte nicht vereinheitlichen, es sind lauter Einzelphänomene.

Wie fängt der Körper das Bewusstsein ein?

Woher, aus welcher Quelle kommt das alles, Farben, Töne usw.?

Jedenfalls entsteht das Leib-Seele-Gebilde offensichtlich während der Ontogenese.

Die Materie scheint sich durch Reduzierbarkeit auf Einheiten auszuzeichnen, das Bewusstsein durch nicht reduzierbare Vielfalt.

Was heißt ein Gefühl speichern? Wo sind all die Gefühle gespeichert?

Nicht fragen, wie man das Bewusstsein in einer materiellen Welt erklären kann, sondern, wie eine Wirklichkeit, die subjektiv ist, aufgebaut sein muss.

Bewusstsein als Eroberung der Welt?: Während der Lichtstrahl noch zum Auge lief, ging der Blick schon in die entgegengesetzte Richtung (wie in der naiven Vorstellung vom Sehen)?

Ein Ich, das sich der Nervenzellen bemächtigt?

Unser Bewusstseinsapparat ist evolutionär geworden, er könnte ohne die biologische Anpassungsnotwendigkeit auch ganz anders aussehen (?).

Wo hielt sich der Schmerz auf, wo ging er hin, wenn ich eine Tablette nahm?
Angesichts des Bewusstseins scheinen Erhaltungssätze zu versagen.

Theoretisch müsste sich im Bewusstsein auch die sogenannte Materie finden lassen.

Die Quelle, aus der die bewussten Erlebnisse gespeist werden: Es ist anzunehmen, dass die Bewusstseinsinhalte in anderer Form gespeichert waren.

Der Sinn des Bewusstseins ist das Leben des Individuums.

Eigentlich konnten wir nur die Rahmenbedingungen festlegen, doch waren wir sehr schlau. Wir konnten überhaupt ein bisschen viel.

Dient das Gehirn nur der Informationsverarbeitung und Steuerung oder (auch) der Erzeugung von Bewusstsein? Bedeutet die Komplexität des Gehirns Vorhandensein oder Komplexität von Bewusstsein?

Die Frage nach der Mechanik des Bewusstseins.

Musik lässt, was aus der Quelle kommt, zur Botschaft werden.

Materie, die das Ich berührt, wird Geist?

Kann denn die Materie auch nur annähernd die Vielfalt des Bewusstseins haben?

Ich bin, was ich wahrnehme.

Was ist das für ein Schöpfer, der uns (Marionetten, und auch wieder nicht) hervorgebracht hat?

Vielleicht ist die Materie nur fähig, eine Kodierung für die Komplexität des Bewussten zu schaffen.

Wir sind das Ende der Welt.

Bewusstsein als Bemächtigung von Vergangenheit?

Die Wirklichkeit der Kunst (des Symbolismus).

Wir besitzen nur Wahlfreiheit.
Doch …, woher all die Möglichkeiten?

Wahlfreiheit hin oder her – das Leben ist ständiges Ein-strömen.

Bewusstsein: die Vereinigung von Ich und anderem.

Bewusstsein: reine Gegenwart?

Konnte man schon nicht erkennen, wie das Bewusstsein funktioniert, so müsste wenigstens der Ort, die Struktur, wo das Bewusstsein ansetzt, beschreibbar sein (grob gesagt: Mensch, Gehirn …).

»In ihm leben wir, bewegen wir uns und sind wir.« (Trifft auf das Bewusstsein zu.)

Was hilft das Nachdenken über den Tod, wenn sich schon das Leben nicht definieren lässt und die »Wirklichkeit« (des Körpers) eine Konstruktion ist?

Wie steht es um die Konstanz der Bewusstseinsinhalte?

Die Frage ist: Wie kann man eine Maschine bauen, die Bewusstsein besitzt? (Oder die falsche Frage.)

Ein Leben ohne Freiheit ist kaum vorstellbar. Die Freiheit ist die Entschädigung für die Geschöpflichkeit.

Wer oder was erzeugt die Bewusstseinsinhalte?

Die Welt ist beseelt (z. B. durch den Menschen). Die Seele ist entweder »drin« oder »dran«.

Das Gehirn, eine Maschine, die Bewusstsein erzeugt oder Bewusstsein einfängt, die vielleicht auf Bewusstseinsbausteine zurückgreift, sie sich einfügt, je nachdem, wie sie nützlich erscheinen.

Die Evolution besaß die Eigenschaft, Objekte in Individuumsform hervorzubringen, das Bewusstsein war letzte Konsequenz dieser Entwicklung.

Wo sind die Farben, Gerüche, Gefühle? Und wo ist das Denken?

Das Blau entsteht in uns. Und es ist auch ohne uns.

Das Bewusstsein ist die Welt des Subjekts.

Angenehme Gefühle als Innenzustand?
Möglicherweise ist die Erklärung durchaus plausibel, der Körper habe die Seele eingefangen.

Farbe ist für mich da.

Gefühle »entstehen« nicht. Bewusstsein entwickelt sich nicht, es ist einfach da.

Das Bewusstsein ist auch Täuschung, ein Bildschirm, ein Simulator, die Drähte dahinter sehen wir nicht, »die Natur warf den Schlüssel weg«.

Vielleicht gibt es noch etwas Drittes neben Ich und Bewusstseinsinhalten, wodurch die unterschiedlichen Wahrnehmungsbereiche gebildet werden, z. B. die Fläche.

Das Bewusstsein baut wohl seinen eigenen Raum auf. Die Sehfläche ist ein Teilbereich dieses Raums.

Kann das, was ich bin, auch außerhalb meiner sein?

Ist es nicht etwas dürftig, den Menschen nur als Empfangenden zu sehen?

Wir – die Ritter mit der dünnen Haut.

Vielleicht ist das Bewusstsein auch die Paradoxie, dass am Ende der Vielfalt (die sich vereinheitlichen lässt) etwas ganz anderes steht.

Der Bewusstseinsraum ist etwas ganz anderes als der »objektive Raum«.

Im Bewusstsein(sraum) ist man bei den Dingen (Bewusstseinsinhalten).

Möglicherweise können wir nur über »objektive« Dinge nachdenken – nicht über uns selber.

Urzeiten tönen wider in uns.

Wir haben die Möglichkeit, die Gefühle von ihrer biologischen Bedeutung zu abstrahieren.

Das Leben ist lebendiges Bewusstsein in einem als tot gedachten (= Materie) Körper, welcher sterblich ist (!).

Wir können weder das Fernere (Materie) noch das Nähere (Bewusstsein) »begreifen«.

Die Quantität im Bewusstsein ist (absolute) Quantität mit subjektivem Maß (z. B. 1 Sekunde ist kurz).

Eine interessante Zahl: die Menge der Sehpunkte/Bildpunkte.

Sind Bewusstseinsraum und Welt-Raum etwa deckungsgleich?

Ist der Sitz des Ichs im Auge (wie in unserer naiven Vorstellung)?

Wie können wir etwas lokalisieren? Schließlich sind wir ja blind.

Der Sitz des Ichs ist im Bewusstseinsraum dort, wo sich im Welt-Raum die Augen befinden.

Der subjektive Raum des Geistes – jedes Individuum besitzt ihn.

Das Sehen findet auf einer Ebene statt, das Hören auf einer kugelähnlichen Fläche.

Ist das, was uns hervorgebracht hat, uns ähnlich oder doch ganz anders?

Man könnte die »Elementarteilchen« des Bewusstseins suchen.

Leben wir in der Welt oder nur in unserer Bewusstseinsblase?

Das Bewusstsein scheint eher die Außenansicht als die Innenansicht der Materie zu sein.

Das Bewusstsein: eine höhere Organisationsstufe oder Millionen Bildpunkte, die ständig ihre Farbe wechselten usw.?

Ist das Subjektive das wahrhaft Objektive (z. B. Zeitdauern), die wahre Natur der Dinge?

Sind wir »Reißbrettobjekte« oder die Fülle des Seins? Geschöpfe sind wir auf jeden Fall.

Scharf zu sehen ist der entscheidende Faktor.

Das Bewusstsein ist ein räumliches Bild von Körper und Umgebung. Dazu musste der Körper Informationen sammeln, genau gesagt, man konnte es so interpretieren, dass der Körper Informationen sammelte.

Eine Spekulation: Der Körper besaß so viele Informationen, dass er sie kurzfristig im Bewusstsein abspeicherte, dem Geist anbieten konnte.

Eine seltsame »Strategie« des Körpers (in der Evolution), nach der Devise vorzugehen: um meine Überlebenschancen zu steigern, schaffe ich mir ... (Glück, Leid).

Wie ist der Bewusstseinsträger beschaffen?

Bewusstsein bedeutet Zentralisierung, z. B. mussten alle (Informationen über) Sehpunkte gleichzeitig zur Verfügung stehen.
Das Ich hat eine riesige Anzahl von Informationen gleichzeitig. Ein Punkt im Gehirn hätte überhaupt keine Informationen! Allerdings liegt hier eine Grenzüberschreitung vor (wollte man das Ich als Punkt im Gehirn betrachten).

Bewusstsein: eine Rückbewegung zu den Sinneszellen?

Bewusstsein entstand in Zusammenhang mit einer Steuerungsfunktion.

Bewusstsein ist Abbildung – wohin?

Es gibt wohl verschiedene Ich des Bewusstseins: das punktuelle Ich, das durch die Augen festgelegt wird, das aber nur eine Konstruktion des Bewusstseins ist, und ein räumliches Ich (denn viele Informationen können nicht zur selben Zeit an einem Punkt sein).

Das Ich muss Teile des Körpers (Gehirns) unter seine Kontrolle bringen.

Materie als Querschnitt des Bewusstseins? Vielleicht konnte man das Bewusstsein als andere Dimension beschreiben, etwa nachdem man die Merkmale verglichen hatte.

Das Ich hat nur das Bewusstsein (ist »blind«), aber der Körper besitzt sehr wohl Sensoren für sich und die Außenwelt, und das Bewusstsein hat Kontakt zum Körper.

Die Farben – die bunten Farben!

Die Art und Weise wie die Materie (im Körper) funktionierte, gab auch Aufschluss über das Funktionieren des Bewusstseins. Vielleicht musste man nur richtig hinsehen.

Es geht um das Geheimnis des Erlebens!

Ich bin der Spiegel.

Bewusstsein: ein Kaleidoskop der Wunder, in dem wir »drin« sind, dessen Urheber wir aber nicht sind.

Welche Quelle haben die Bewusstseinsinhalte?

Abhängiges und Unabhängiges: Bewusstsein und »Materie«.

Bewusstsein als Verlebendigung des Raums?

Nichts war geklärt, nichts vom Farbpunkt bis zu den grandiosen Bildern der Seele.

In welchem Selbstbedienungsladen bedienen wir uns eigentlich?

Sind die Bewusstseinsinhalte im Raum angeordnet oder ist dieser Bewusstseinsraum selber ein Bewusstseinsprodukt?

Könnte das Zeitbewusstsein Aufschluss geben über die Funktionsweise des Bewusstseins und die materiellen Grundlagen?

Leben: auch einen Blick gemacht zu haben in die Schatzkammern des Geistes.

Wo und in welcher Form halten sich die Bewusstseinsinhalte auf, wenn sie uns gerade nicht zugänglich sind?

Hat die Quelle der Bewusstseinsinhalte sich über die Materie langsam eine Brücke gebaut zu einem Empfänger?

Das Ich ist kein Ort (die Informationen befinden sich nicht an einem Punkt), sondern ein Raum, aber ein »zentrierter« Raum.

Substanz und Erscheinung.

Ein Ort der Erscheinung in der Welt: der Mensch.

Die Kugel, ein Symbol für Bewusstsein: Zentriertheit (wie der Punkt) + Räumlichkeit.

Bewusstsein, das farbige Ende der Welt, vielleicht ganz wörtlich?, oder doch einer anderen Welt?

Das Bewusstsein ist auch die Erschaffung des Bildes (oder des Bewusstseinsraums). D. h., zahlreiche Informationen sind »an einer Stelle« präsent.

Überlagern sich Bewusstseinsräume?

Das Bewusstsein muss als Wahrnehmung aufgefasst werden. Wahrnehmung hat ihre eigenen Gesetze.

Vielleicht eine Parabel für Bewusstsein: die schillernde Oberfläche der Seifenblase.

Bewusstseinsbildung ist jedenfalls (auch) Oberflächenbildung (etwa wie Blasen in einer zähen Masse).

Materie und Bewusstsein verhalten sich wie Zustand und Aussage darüber.

Der Beobachter benötigt Oberfläche und Abstand.

Das individuelle Bewusstsein, der individuelle Bewusstseinsraum als Teil eines größeren Bewusstseinsraums? In welchem Verhältnis stehen Bewusstseinsraum und Oberfläche der Materie zueinander (z. B. beim Sehen)?

Auch die naive Vorstellung, die wir vom Sehen besitzen, funktioniert nach dem Prinzip Oberfläche und Ich.

Das Bewusstsein könnte als Grenzphänomen betrachtet werden, oder als Absturz der Welt ins Ich.

In diesem Zusammenhang hieße Gehirn: Bildung einer geeigneten Oberfläche.

Das Ich hat wohl eine besondere Beziehung zu Raum und Zeit.
Das Ich könnte sich immer am selben Ort befinden.
Kennt das Ich keine Bewegung in Raum und Zeit?

Geht man von der Idee aus, dass das Ich die Oberfläche der Materie »betrachtet«, könnte man sich ein Schillern, ein Leuchten der Materie vorstellen (das aber bereits Bewusstsein ist und damit auch ein Mehr, eine größere Vielfalt beinhaltet).

Bezogen auf eine (hypothetische) Materie sind die Bewusstseinsinhalte entweder schon in der Materie vorhanden, oder sie entstehen aus der Materie durch den Wahrnehmungsprozess oder sie sind etwas ganz anderes.

Das Gehirn baut die Welt neu auf (mit Bewusstseinssteinen, in denen das Ich sitzt).

Bewusstsein bedeutet auch eine starke Vereinzelung der Welt.

Man sollte sich überlegen, was das Gehirn leisten kann und was nicht: Das Gehirn ist keine magische Maschine zwischen Materie und Geist, sondern auch nur Materie (wenn man von den gebräuchlichen Vorstellungen ausgeht).

Ich und mein Bild.

Wir sind Zuarbeiter.

Die Natur hat die Anlagen des Subjekts in sich.

Welt – Spiegel?

Vergänglichkeit und Tod hängen auch mit dem Flüchtigkeitscharakter des Bewusstseins zusammen.

Verschiedene Bewusstseinsarten (Hören, Sehen ...) könnte bedeuten: verschiedene Arten von Oberflächen.

Das Bewusstsein scheint auch ein hohes Maß an Chaos zu beinhalten.

Im Gegensatz zu den objektiven Dingen existiert das Bewusstsein nur für das Ich.

Vielleicht war eine vermeintliche Konstanz des Objekts eine Konstanz des Subjekts. Es ist eigentlich klar, dass unser Bewusstsein ein Gesamtbild besitzt, in dem der Blick umherschweift.

Das Gehirn ist offensichtlich das geeignete Stück Welt, durch das das Ich wandern kann.

Vielleicht ein Modell für eine Wechselwirkung von Materie und Bewusstsein: das Schlüssel-Schloss-Prinzip!

Das mangelnde Wissen über das Bewusstsein könnte auf der mangelnden Beweglichkeit des Ichs beruhen.

Das Bewusstsein: eine Welt für den Beobachter.

Die Welt besteht zunächst einmal aus lauter nur für sich existierenden Teilen, die durch die »Materie« locker verbunden sind. (Anmerkung: Die Schreibweise mit Anführungszeichen soll den hypothetischen Charakter der »Materie« unterstreichen.)

Die Subjekte werfen nicht nur die Frage nach ihrer Zulieferung auf, sondern auch danach, ob ihr Erlebnis nicht doch auch irgendwo objektiv existiert, allgemein zugänglich ist.

Nimmt ein Teil der Welt sich selbst wahr – oder etwas anderes?

Das Bewusstsein ist der Kern der Welt, doch es tritt im Menschen in seltsam abgesonderter Form auf.

Der Körper bewegt sich, bei der Seele ist dies ungewiss. (Die Seele bewegt sich durch den »Seelenraum«?)

Vielleicht denkbar: Während der Körper durch den Körperraum wandert, bewegt sich die Seele durch eine Parallelwelt.

Die Welt nimmt sich nicht als Spiegelbild wahr, sondern

als etwas anderes, also ist die Seele eine Reproduktion, Vervielfältigung von Welt.

Sind wir Abspaltungen, Früchte einer geistigen Welt?

Die öffentliche Welt (»Materie«) und die private Welt (Bewusstsein).

Man könnte wohl mehr über das Bewusstsein erfahren, wenn man die Arbeitsweise des Ichs verstehen würde, vielleicht »Zuschreibungen«.

Raum und Zeit des Bewusstseins: der wahre Raum und die wahre Zeit oder ein Konstrukt?

Sicherlich besitzen alle Dinge (»Atome«) einen Bezug auf das Bewusstsein hin.

Da uns nur Bewusstseinsinhalte zugänglich sind, kann über das Verhältnis von Bewusstseinsraum zu »objektivem Raum« nichts gesagt werden. Ob der Abstand vom linken zum rechten Daumen im Bewusstsein dem »objektiven« Abstand entspricht oder ob er so groß ist wie ein Stecknadelkopf kann nicht gesagt werden.

Das Bewusstsein entzieht sich völlig der Kontrollierbarkeit. Ständig entstanden irgendwo (im Mutterleib, vielleicht auch woanders) neue Bewusstseinswelten.

Ein interessanter Vergleich: »Farbenmischung« auf den drei Ebenen (physikalisch – physiologisch – bewusst).

Die Farbe Blau ist jedenfalls fester Bestandteil der Welt.

Wo ist das Urblau?

Auch ein Modell für Bewusstsein: Abspaltung oder Schöpfung von Teilwelten, die mit der Mutterwelt verbunden sind.

Auch Handeln (Freiheit) bedeutet, »außerhalb« der Welt zu stehen.

Die Welt müsste also – nach dem »Abspaltungsmodell« – eine geeignete Oberfläche ausbilden, die sie der Teilwelt mitgeben könnte.

Welche Konsequenzen ergeben sich aus dem Selbstbewusstsein?

Das Bewusstsein ist nichts (?) für den Rest der Welt, und es ist nichts außerhalb der Gegenwart.

Man konnte auch die Frage nach der Rückseite des Bewusstseins stellen oder was das Bewusstsein neben der eigenen Wahrnehmung sonst noch ist.

Teile des Bewusstseins sind weniger räumlich, mehr punktuell auf das (Bild des) Ich(s) lokalisiert.

Das Bewusstsein könnte alles sein, was »objektiv« wahrgenommen wird, ein Zentrum der Dinge.

Es könnte ein Produkt des Gehirns sein, da das Gehirn aber nichts erschafft, etwas, auf das das Gehirn zurückgreift.

Bewusstsein: mein Raum; Welt, die am Ich hängt.

Was uns als Ort des Ichs erscheint, ist vielleicht nur ein Bezugspunkt.

Was ist das Subjekt? Wir sind es jedenfalls nicht? (Wir sind Empfangende.)

Die abgespaltene Welt hält das, wovon sie abgespalten wurde, für Materie.

Das scharfe Bild ist ein von vornherein Feststehendes.

Bewusstsein: eine Spiegelung des Ichs?

Der Beobachter steht »außerhalb« der Welt.

Ist Information das grundlegende Phänomen, dessen Ausprägung auch das Bewusstsein ist? Werden wir von der Information durchströmt? Durchströmt uns das Bewusstsein?

Unser Bewusstsein ist wohl von Dynamik geprägt, unsere Vorstellung von Materie von Statik.

Im »Strömungsmodell« des Bewusstseins wäre das Ich dann ein Filtersystem.

Man musste sich mit der Idee, dass das Ich etwas betrachtet (z. B. alles Betrachtete sind Gehirnteile, -strukturen), kritisch auseinandersetzen. So stellt sich die Frage, welche Eigenschaften o. ä. denn dem Ich zugänglich sein würden.

Vielleicht könnte man ein Loch finden, um die Rückseite des Bewusstseinsbildes zu sehen.

Eine Möglichkeit wäre, dass das Gehirn Strukturen ausbildet, die den Bewusstseinsinhalten äquivalent sind und nur noch »gesehen« werden müssten.
Oder aber es gibt Gehirnstrukturen mit einer »privaten« Seite.

Die Objektivität der Privatwelt.

Vielleicht ist das Bewusstsein nicht etwas anderes, sondern etwas, das besonders nahe an der Wirklichkeit liegt, vielleicht ist es aber doch etwas anderes.

Man müsste von einem Bild alles wegnehmen, also gewissermaßen Papier und Pigmente, um zum Bewusstsein zu gelangen.

Von der Rätselhaftigkeit, nichts über sich zu wissen, über sich nachzudenken.

Vielleicht besitzt das bewusste Bild statt eines materiellen Trägers einen anderen Träger.

Voraussetzung von Bewusstsein ist die Erscheinungsfähigkeit oder Sichtbarkeit von etwas, was auch immer das sein mag (Gehirn oder etwas anderes).

Jedenfalls kann man unterscheiden zwischen dem Raum und »Farbe und Pinsel«, womit dieser Raum (bzw. die Fläche) angemalt wird.

Das Leib-Seele-Problem hat seine Ursache eventuell in der Unmöglichkeit, die (Farbe der) »Materie« zu erkennen, also die bewusste Seite des »Materiellen«.
Das Leib-Seele-Problem, ein Problem der abnehmenden Nähe?

Wir besitzen die Macht.

Für das Bewusstsein ist die Materie gleich null.

Allerdings ist der (Bewusstseins-)Raum ein Geschenk.

Vielleicht ist Bewusstsein Einheitsbildung. Dinge, die nur äußerlich eine Einheit bilden, wie z. B. viele Werkzeuge, kommen dann als Bewusstseinsträger nicht in Frage.

Bewusstsein ist Übergabe an mich.

Das Bewusstsein spaltet sich als Raum ab: ein Privatraum.

Vielleicht ist unser Bewusstsein die Spitze eines Bewusstseinseisbergs.

Aus Krankheit wird Gesundheit: ein Wunder.

Vielleicht zeigt das Äußere das Innere, das Äußere: das Geistige oder das Vertraut-Alltägliche.

Wird das Bewusstsein durch das Ich oder für das Ich aufgebaut?

Bewusstsein ist Zentralisation der Information.

Gleichberechtigt neben den (hoffnungslosen) Versuchen, das Entstehen des Subjekts zu »erklären«, steht die Vorstellung vom Subjekt als der eigentlichen Form der Wirklichkeit.

Möglicherweise kann das Gehirn tatsächlich jede Nuancierung eines Bewusstseinsinhalts darstellen.

Denkbar wäre auch, dass die materielle Welt nur ein hohles Konstrukt darstellt, ein Hilfsmittel, um sich in der Welt des Bewusstseins zu orientieren.

Vielleicht ist gar nichts hinter dem Bild, vielleicht ist das Bild ein Spiegelbild.

Das Bild muss als etwas Fertiges, Ganzes gesehen werden.

Für das Bild ist es offensichtlich ein Leichtes, maximale Information zu liefern, gleichzeitig und nacheinander.

Der Bewusstseinsraum ist ein »heliozentrischer« – um das Ich gebildeter – Privatraum und hat wohl keine Beziehung zum Welt-Raum.

Die Identität ist das große Geheimnis.

Unser Aufenthalt in der Welt – in zwei Welten?

All die vielen Postkartenbilder sind ebenfalls Bewusstseinsinhalte.

Erscheinung ohne Ich?

Das menschliche Bewusstsein als Bündelung?

Die Privatwelt muss keineswegs eine Abspaltung der »materiellen Welt« sein.

Der Bewusstseinsraum ist natürlich auch eine Nachahmung des Welt-Raums.

Woher kommen all die Gefühle, die das Leben zum Leben machen, ins Ich?

Mein Raum, er gehört mir nicht.

Welches ist die Rückseite der Bezogenheit auf das Ich (Vorderseite)?

Das Bild löst sich ab ins Private.

Das Bewusstsein ist zwar privat, aber festgelegt.

Für das Bild gilt: Woher kommen Information, Raum (Fläche) und Farbe?

Bewusstsein bedeutet Gerichtetsein auf das Ich.

»Materie«: Eine Welt, die keiner sieht, gibt es so etwas überhaupt?

Im Bewusstseinsraum gibt es keine Bewegung, weil man überall gleichzeitig ist.

Bewusstsein bedeutet Ankommen.

Der Wille zum Subjekt.

Vielleicht wäre es möglich, für die Bewusstseinserscheinungen eine »physikalische« Größe zu finden, die eventuell auch schon der Materie zugeschrieben werden kann.

Ist die Organisationsform, das System der Dinge (z. B. Kohle, Holz, Pflanze, Tier) maßgeblicher als die Art der Teile (z. B. Kohlenstoff-Atome)?

Wie wurden die Farben definiert? Was ist ihre objektive Seite?

Die Tatsache der subjektiven Welten spricht nicht für einen »Monismus«.

In allen Lebewesen zeigt sich das Streben nach Subjektivität in der Natur.

Die Bewusstseinsinhalte: Wir erzeugen sie nicht, sie sind aber auch nicht einfach etwas anderes.

Was wissen wir über das Ich und seine Fähigkeiten, wenn wir nur Bilder des Ichs kennen?

Im Extremfall wäre es denkbar, dass unser Ich eigentlich das göttliche Ich ist und sich uns als Einzelmensch-Ich mit den entsprechenden Teilausschnitt-Wahrnehmungen zeigt.

Das Selbstkonzept ist ein Bewusstseinsinhalt.

Es sind die Bewusstseinsinhalte, die Urbilder besitzen.

Das Bild ist Geometrie (der Fläche) und Sehen, »Augenlicht«, Licht und Dunkelheit.

Das Bewusstsein muss keineswegs nach dem Prinzip, dass die gleiche Menge hier weggenommen, dort hinzugefügt wird, funktionieren.

Welche Aussagen können schon über das Bewusstsein getroffen werden, außer dass es etwas Göttliches ist?

Gibt es zwei Ich, das wahrnehmende Ich und das wahrgenommene Ich?

Die Materie als »Blende« des Bewusstseins (die den Bewusstseinsausschnitt festlegt)?

Das, wodurch das Bewusstsein hervorgebracht wird, ist vielleicht nicht die »Materie«, nicht ein Bewusstsein, sondern etwas anderes.

Besitzen wir mehrere Bewusstseinsräume, und wenn, wie sind sie koordiniert?

Hinter dem Bild ist auf der einen Seite die »Quelle«, auf der anderen Seite gar nichts (wo der Privatraum endet), außer, der Privatraum ist ganz in die »Quelle« eingebettet.

Das Geben der Bewusstseinsinhalte wäre/ist sicher ganz anders als das Empfangen.

Wie kann der Geist keine Erkenntnis haben, wie kann er eine Aufgabe haben? Weil unser Geist nur ein Abkömmling ist?

Wir verfahren nach Belieben mit der sogenannten Materie. Dabei ist sie die geheimnisvolle Mittlerin unseres Bewusstseins.

Gibt es eine mathematische Funktion für eine Farbe?

Auch die Gefährdetheit unserer Existenz ist ein geheimnisvoller Zustand.

Vielleicht besitzt der äußere Raum eine Art Stützfunktion für den Privatraum.
Bzw. welche andere Stütze für den Privatraum könnte man sich vorstellen?

Ist die Wahrnehmungsmaschine, die auf den Schienen der Zeit fährt, auch Objekt der Wahrnehmung?

Kreuzt im Bewusstsein eine unbekannte Dimension uns in der Gegenwart?
Oder: das Bewusstsein, eine unendlich dünne Salamischeibe?

Bewusstsein bedeutet, dass das Modell (eines Systems) Wirklichkeit geworden ist.

Wir (die Subjekte) wurden aufgebaut.

Das Subjekt ist eine Frucht der Welt. Vielleicht gingen die Bewusstseinsinhalte allerdings sofort wieder dahin zurück, von woher sie gekommen waren.

Vielleicht sammeln sich »Dinge« zum individuellen Bewusstsein.

Es müsste sich eine Art Subjektivitätsstruktur ausfindig machen lassen.

Unsere Bewusstseinsinhalte sind die Eigenschaften eines Subjekts – aber eines anderen Subjekts?

Bewusstsein bedeutet Licht, von woher auch immer dieses Licht kommen mag.

Der Bewusstseinsraum ist auch gekennzeichnet durch die Austauschbarkeit der Punkte (z. B. in der Bildfläche: ein blauer, roter … Punkt).

Dingwelt und Wahrnehmungswelt.

Wie lässt sich etwas wie die Farbe Rot überhaupt abspeichern?

Vorstellbar wäre vielleicht, das Ich aus seinem Bewusstseinsraum zu nehmen und in einen anderen Bewusstseinsraum zu setzen.

Wir leben im Bewusstseinsraum könnte heißen, wir haben »diese Welt« schon verlassen und leben in einer anderen Welt.

Die Menschen verstehen nichts. Sie brauchen auch nichts zu verstehen, denn das naive Verständnis gibt die Wirklichkeit vielleicht ohnehin am besten wieder.

Das Gehirn: ein Empfänger für »Überweltliches«?

Die Welt besitzt eine Eigenschaft, Privatwelten anzustreben, und natürlich: zu erhalten usw.

Das Gehirn ist eine Art Linse in die subjektive Welt.

Vielleicht kommt die Welt aus dem Subjektiven und geht ins Subjektive.

Die Summe der Bewusstseinsinhalte ist Leben.

Ein bewegliches Ich würde bedeuten, dass das (bewusste) Sehen nicht nach einem Bildschirmmodell sondern nach dem Modell des beweglichen Betrachters (der beweglichen Kamera) funktionierte.

Was ist das, dessen Abspaltungen die Privatwelten sind?

Was ist das Gegenteil des Ichs?

Wie können sich all die Bewusstseinsinhalte in uns versammeln?

Man sollte sich vor einer zu evolutionistischen Sicht des Bewusstseins hüten. Bewusstsein ist Austausch.

Wir wissen nicht, woran wir »dran hängen«. Ob es die »Materie« ist, ist fraglich.

Vielleicht ist Bewusstsein »das Ganze« und der Bewusstseinsraum der objektive Raum: Bewusstsein als Aneignung eines Stücks Welt.

Der Bewusstseinsraum reicht in eine unbekannte Dimension.

Raum – Licht – Glück.

Vielleicht entstammen die Bewusstseinsinhalte verschiedenen Schichten der Quelle.

Die Quelle ist die Quelle.

Entsteht das Ich durch Abbildung?

Es war der große Topf, aus dem alles kam, die Kälte, die Langeweile und die Euphorie.

Denkbar wäre auch, dass die Bewusstseinsinhalte in noch-nicht-bewusster (= »unbewusster«) Form beim Menschen »zwischengelagert« sind.

Die Selbstverständlichkeit, mit der wir vieles hinnehmen, ist das Geheimnis.

Vielleicht kommen die Bewusstseinsinhalte in der Quelle »gemischt« vor.

Die Fähigkeit, dies alles zu erleben, worauf beruhte sie?

Ist es ein Streben der Welt, gefunden zu werden? Die Botschaft: Das bin ich.

Zwischen dem Ich und den Bergen, der Landschaft, überhaupt allem bestand ein Zusammenhang. So und nicht anders war die Welt, in der das Ich sich befand.

Die Abkapselung (Privatwelt) bedeutet aber Öffnung.

Es scheint so, als stürzten die Bewusstseinsinhalte fortwährend ins Nichts.

Die (unbekannte) Mechanik des Bewusstseins ist eine Sache, die Deutung dieser Mechanik eine andere.

Es leuchtet uns, es erscheint uns.

Eine Welt der Privaträume ist (von außen) nicht zugänglich.

Eine Zukunftsvision?: das gespeicherte Bewusstsein, die gespeicherten Bewusstseinsinhalte.

Überlegenswert: die (Un-)Definierbarkeit der Bewusstseinsinhalte.

Im Bewusstsein ist eine Schwelle überschritten.

Vielleicht hat sich (in der Evolution) die »Materie« dem Bewusstsein angepasst.

Vielleicht entstehen die Subjekte durch einen Prozess der Zusammensetzung.

Man könnte sich (sehr verkürzt) das Private als andere Dimension vorstellen.

Bewusstsein bedeutet Erscheinung eines Erscheinenden.

Das Ich ist ummantelt vom Noch-nicht-Bewussten.

Die Welt ist so beschaffen, dass sie an den Stellen, wo wir sind, in ein Loch fällt, und zwar unter anderen Gesetzmäßigkeiten, als wir erwarten würden.

Der blaue Himmel, die grünen Wiesen, die ziegelroten Dächer, es ist ein eingefärbtes Bilderbuchwelt-Bild.

Was sind die Bedingungen für die Entstehung des Ichs? Stammt das Ich von einem Ich?

Ist die im Subjekt vereinigte Welt das Gegenstück zu einer im Objekt vereinigten Welt?

Eine zentrale Frage ist auch, was bzw. warum gerade das bewusst wird.

Das Bewusstsein scheint sich im Gegensatz zur »Materie« dadurch auszuzeichnen, nicht mathematisch fassbar zu sein.

Was ist Farbe (usw.) ohne Ich?

Die Farbe könnte der Prozess senkrecht zur Bildoberfläche sein.

Das Ich ist wie ein Funke im Stroh in der Nacht.

Vielleicht enthält das Bild nicht viele Schichten von Unbewusstem, sondern wird ständig unmittelbar ins Ich geworfen.

Bewusstsein bedeutet, dass die sinnlose Differenzierung zu einer sinnvollen wird.

Hat das Ich einen abgesteckten Bezirk?

Könnte die Quelle des Bewusstseins in der Zukunft liegen?

Wie ist die Vorstufe (vor der Bewusstwerdung) eines Bewusstseinsinhalts beschaffen?

Das Bewusstsein tritt auch als Ordnung auf.

Im Gehirn scheint alles zu stecken: Subjekt, Objekt und Vermittlungsmaschine.

Welt entsteht ins Subjekt hinein.

Bewusstsein kann man nicht behalten.
Es ist kein Ding, sondern ein Schatten.

Bewusstsein ist (nach einer bekannten Vorstellung) ein Ausleuchten der Welt.

Jeder Punkt des Bildes ist vom Ich durchdrungen.

Das Bild gehört zum Repertoire der Welt.

Denkbar wäre auch, dass an jedem Subjekt eine je eigene »materielle Welt« dranhängt.

Warum wird die Welt zum Bild?

Wo schlummert der Same des Ichs?

Das Urbild des Ichs.

Wie ist das »reine« Ich ohne die Bewusstseinsinhalte beschaffen?

Interessante Fragestellungen ergeben sich auch aus der Individualentwicklung des Subjekts.

Ich blickte in den Spiegel und dachte: Plötzlich ereignete es sich in dieser grauen Masse, dass man zu etwas hinübersah.

Das Bewusstsein ist auch ein Schnitt, ein Querschnitt.

In gewissem Sinne wohnt das Ich im Bewusstsein.

Wer hat das Ich gemacht?

Durch welchen Faktor ist das Bewusstsein charakterisiert? Aber das Bewusstsein ist unbeschreibliche Fülle, Vielfalt, Lebendigkeit.

Das Ich lebt gleichsam in einem schlafenden Riesen.

Die Bestandteile der Bewusstseinsinhalte sind allesamt subjektbezogen, also subjektbezogene Weltbestandteile.

Die Welt erschafft und beliefert uns.
Das Ich ist natürlich auch als Teil der Welt und nicht nur als losgelöst zu sehen.

Vielleicht ist das Bewusstsein nicht »naturwissenschaftlich«, sondern nur »psychologisch« zu verstehen.

Durch das Bewusstsein wird die Zeit zu einer Vernichtungsinstanz.

Wer oder was baut und stützt unseren Privatraum?

Vielleicht ist Bewusstsein Gegenwartsbildung, der Gegenwartsschnitt durch die Welt.

Das Bewusstsein kennt verschiedene Aspekte der Raumwahrnehmung.

Das Empfangen der Gefühle stellt die Frage nach ihrem Ursprung, nach der Quelle des »Lebens« (ein Begriff, der eigentlich zutreffender als »Bewusstsein« wäre).

Das Subjektiv- (oder Privat-)Gebilde besteht aus Subjektivelementen. Wer oder was ist in der Lage, Subjektivelemente zu liefern?

Die Welt besteht aus Räumen, zugänglichen und unzugänglichen Räumen.

Welche Konstruktion trägt das Subjektivgebilde?

In welchen Raum sind die Privaträume eingebettet?

Was gibt den Punkten im Bewusstseinsraum festen Halt?

Vielleicht sieht alles nur für uns so aus, die Farben, Glück und Unglück.

Man soll zwar nicht Äpfel mit Birnen vergleichen, aber offensichtlich ist die Welt eine Welt der verschachtelten Räume.

Vielleicht sollten wir unser Bewusstsein nicht so sehr als Maß der Dinge betrachten, denn wir bewohnen nur unseren Raum, wir sind nicht der Raum bzw. wir schaffen ihn nicht.

Das Mysterium des Ist-Zustands.

Wir sind im Jenseits unseres Ichs.

Die Natur baut Bilder und all die anderen Phänomene, die belebte Wesen besitzen.

Wir sind nicht nur Beobachter, sondern Erlebende.

Besitzen die Bewusstseinsinhalte eine stabilere Grundlage, auf der sie durch die Gegenwart getragen werden?

Was ist das, was unser Ich abtastet, wenn wir Kälte oder Wärme empfinden?

Wir wissen, dass das Bild belebt ist, aber wir beziehen dies nur auf uns.

Die Aussage, dass das Gehirn das beobachtete Objekt ist, hat für die Frage nach dem Verhältnis Gehirn – Bewusstsein zunächst keinerlei weitere Konsequenzen.

Vielleicht gibt es kein Bewusstsein auf der Erde und wir beobachten alles nur von ferne …

Die Materie erscheint wie ein »(Film-)Standbild« des Bewusstseins.

Vielleicht ist das Bewusstsein eben »nur« ein Bild (im Sinne von Abbild) von etwas (Unbekanntem).

Berührt unser Ich die Sphären der Bewusstseinsquelle?

Die Basis von Ich und Bewusstseinsinhalten kann durchaus verschieden sein.

Es ist bekanntermaßen ein Schauspiel, was man dem Subjekt darbietet.

Was das Subjekt empfängt, sind die Eigenschaften eines Subjekts.

Vielleicht sollte man das Subjekt mehr als eigenständiges Ding betrachten – mit einer unbekannten Art von »Batterie«.

Die (materielle) Welt ist die Verteilung des Subjekts.

Die »Materie« muss keineswegs die Konstanz besitzen, die sie zu besitzen scheint.

Vielleicht haben wir nur Anteil am Bild, am Licht, das uns das Bild schenkt.

Die Materie sorgt für die Ordnung der Bewusstseinsinhalte.

Vielleicht hat die Materie die Aufgabe das Bild zu verdunkeln.

Bedeutet Entwicklung Öffnung?

Was in die Privatwelt geht, scheint in der Bilanz der »materiellen Welt« nicht mehr aufzutauchen. Es scheint der Welt gleichgültig zu sein.

Ein Klangraum – ich bin es, im Augenblick der Bewusstwerdung.

Die Tatsache, dass sich das Subjekt außerhalb der »materiellen Welt« befindet, weist auf ein größeres System.

Vielleicht hat im Menschen eine Vermählung stattgefunden von Ich und »Materie«.

Natürlich ist das Noch-nicht-Bewusste eine äußerst brisante Masse.

Das Bewusstsein ist dem Subjekt angepasst.

Besitzt auch das Bewusstsein eine »Datenverarbeitung«?
Benutzt der Geist gleichsam als Schmarotzer die Datenverarbeitungsanlage der Materie?

Etwas unheimlich zumute kann einem schon werden, stellt man es sich so vor, dass dem Bild vielleicht hier etwas Blau hinzugefügt, dort etwas Grün weggenommen wurde ...

Ich bin das Blau, sagt das Blau.

Was hat die Fähigkeit, Kontakt aufzunehmen mit dem Ich?
Gibt es je nach Intensität des Kontakts (von emotional neutral bis emotional bedeutsam) verschiedene Arten von Quellen?

Allerdings musste sich die Farben ja keiner ausdenken ...

Das Bewusstsein ist eine Welt, die eine andere Struktur besitzt als die »materielle Welt«, bzw. die nicht so beschreibbar ist wie die »materielle Welt«.

Die Punkte des Bewusstseinsraums sind nicht so isoliert wie die Punkte des »materiellen Raums«.

Wir sind keine Subjekte mit feststehenden Bewusstseinsinhalten. Wir besitzen die Bewusstseinsinhalte nicht, sie werden uns lediglich angeboten.

Ein Subjekt entwickelt sich nicht im »luftleeren Raum«, sondern nur in entsprechender Umgebung.

In ihrem Übermaß flüchtet sich die Welt ins Private.

Wie sieht Bewusstseinsfähiges aus? Wie sieht eine potentiell private Welt aus?

Die Welt ist eine Welt der belebten Wesen.

Das Bewusstsein hat nicht (nur) die Aufgabe, Wahrnehmung zu ermöglichen, es hat die Aufgabe, dem Ich lebendiges Dasein zu geben.

Wie kann das Ich sagen: Das ist meine Welt?

Die Bewusstseinsinhalte sind gewissermaßen »Vektoren« mit Betrag und Richtung auf das jeweilige Ich.

Die Gleichung des Bewusstseins hat zwei Unbekannte: Ich und Bewusstseinsinhalte.

Wo im Bild ist die Materie?

Bringt die Materie die Bewusstseinsinhalte an die richtige Stelle?

Das Ich wird durch anderes zu dem, was es ist.

Die Materie war gewissermaßen das, was uns als lebloses »Skelett« der Welt erschien.

Angenommen, man will »einen Menschen bauen«: Woher die Gefühle nehmen? – Niemand kann es uns sagen.

Könnte der Privatraum vielleicht über ein noch leeres Anfangsgebilde entstehen?

Vielleicht könnte man das Bewusstsein verstehen, wenn man die Linearität der Zeit verlassen würde.

Verfügt die Welt über eine fünfte Achse (Raum, Zeit, Privatheit)?

Vielleicht ist es ein aufgeteiltes Subjekt, das wir empfangen.

Was für das Ich angenehm ist ... Besitzt das Ich Gestaltungskraft?

Warum hat sich die Welt das Leid zugelegt?

Bin ich das Bild?

Die Welt ist eine Welt für den Beobachter.

Warum ist das Eigene so bunt?

Im Bewusstsein begegnen wir der Welt mit unterschiedlicher Intensität.

Immerhin liegt das (richtiger: ein Bild dessen), was wir wahrnehmen, in räumlich-materieller Form vor.

Ein Klangraum öffnet sich im Subjekt.
Hat das Subjekt die Fähigkeit, einen Raum zu öffnen?

Was besitzt die Fähigkeit Raum zu bilden, lebendigen Raum, für mich?

Hat das Bewusstsein die Eigenschaft, in jede beliebige Form zu schlüpfen?

Für uns wurde der Vorhang weggezogen und wir sehen die Welt als großes Bühnenbild.

Vielleicht gibt es kein »Leib-Seele-Problem« und wir sind lediglich unfähig zu erkennen, wo das Bewusste ansetzt, da wir von allem, was außerhalb ist, ziemlich wenig erkennen.

Was das Subjekt empfängt, ist ein harmonisch abgestimmtes Gebilde.

Das Bewusstsein hat eine ausgeprägte Parallelitätsstruktur. So mussten viele »Gehirnorte« mehr oder weniger gleichzeitig gesehen werden.

Hat sich das Subjekt in eine übergeordnete Subjektivitätsstruktur der Welt eingeklinkt?

Vielleicht sind die Bilder (und die anderen Bewusstseinsinhalte) »Dinge« mit der Eigenschaft, sichtbar zu sein, vielleicht gibt es »Brillen«, die Sichtbarkeit ermöglichen.

Der Geist hatte gewissermaßen das Problem, die Punkte der Bewusstseinsinhalte nebeneinander zu plazieren. (Dazu benötigte er wohl die Materie.)

In welches Medium sind die Subjekte eingebettet?

Befindet sich der Privatraum »im« Subjekt?

Wie kann ich so vieles sein?

Spielt bei der Entstehung des Bildes ein »Negativ« eine Rolle, oder ein »Dia«?

Vielleicht bietet die Materie »Widerstand«, damit der Geist sichtbar wird.

Der zersplitterte Weltenspiegel …

Das Bild muss ein Ich finden.

Die Welt ist eine Bildnerin.

Ein Abgrund von Blau.

Sind unsere Ich-Punkte Teile eines linearen Ichs?

Wir wissen nicht, was um uns ist, außer, dass es für uns ist.

Gibt es neben dem Ich noch andere Arten von »Konkretisierungen« in der Welt?

Vielleicht hat das Gehirn eine »Beschleunigungsfunktion« (z. B. in Hinblick auf eine Bewegung Materie gegen Geist).

Vielleicht gibt es einen »dritten Grad« von Konkretisierung (nach Materie und Bewusstsein), der das Bewusstsein verständlich machen würde.

Könnte es eine Erzeugung von Gegenwart geben?

Wie allein ist das Ich?

Vielleicht ist die Quelle der Bewusstseinsinhalte in uns, weil uns bei der Abspaltung schon »alles« mitgegeben wurde.

Wie abgetrennt kann etwas sein?

Wie kann etwas gespeichert sein, »was man sehen muss«?

Ist das Ich ein räumliches Gittergerüst?

Für die restliche Welt scheint es relativ unerheblich, ob ein Ich existiert oder nicht.

Sicherlich gibt es eine gemeinsame Struktur für das Entstehen aller Bewusstseinsformen.

Das Gehirn ist unser Guckloch.

Im Bild haben sich die Jahrmilliarden seit Beginn der Welt niedergeschlagen.

Nur im Kern der Welt gibt es Glück und Leid.

Vielleicht sind wir auch was unser Bewusstsein betrifft in einem gemäßigten Abstand von der Sonne.

Das Problem besteht darin, Privates als Allgemeines beschreiben zu wollen.

Vielleicht findet in der Welt kein Prozess der Konkretisierung, sondern ein Prozess der Zerstreuung statt.

Ständig mussten wir den Körper bewegen, um das Bewusstsein zu verändern.

Etwas von uns (den Subjekten) muss Teile des Gehirns durchdringen.

Sollte man vielleicht »andersherum« das Allgemeine (= Materielle) als Abspaltung des Subjektiven betrachten?

Vielleicht verhilft die Materie dem Bewusstsein zur Ausdehnung.

Die Materie besitzt kein Bild. Das Bild beginnt, wo die Materie endet.

Vielleicht gibt es ein Missing link zwischen Materie und Bewusstsein.

Die Bewusstseinswelt ist fest verankert, man weiß, wo oben und wo unten ist.

Vielleicht ist Bewusstsein das Zerspaltungsprodukt der »Materie«.

Da es ein Zusammenspiel gibt, sind Materie und Bewusstsein wohl nicht so grundverschieden, wie man meinen möchte.

Verschluckt die Materie das Bewusstsein?

Vielleicht sind die Bewusstseinsinhalte das Produkt der Reflexion (und Absorption) an der Materie.

Materie und Bewusstsein besitzen etwas Gemeinsames und eine Differenz.

Vielleicht zerteilt die Materie den Geist in die Einzelsubjekte.

Im mehrdimensionalen Raum erkennt man Dinge nicht, wenn man sie von der falschen Seite ansieht.

Das Bewusstsein lässt sich nicht einfach mathematisch beschreiben, für das Bewusstsein benötigt man hunderttausend Farbtuben.

Wie, wenn plötzlich »das Licht ausgehen würde«?

Das Bewusstsein ist Vielfalt und Ich-Bezogenheit.

Die Bewusstseinsinhalte wurden mit dem Ich verknüpft.

Hinter dem Menschen verbergen sich Mächte und Gewalten.

Welt-Raum und Bewusstseinsraum scheinen »nebeneinander« zu liegen, aber sie schneiden sich. Wo genau ist der Schnittbereich, z. B. im Bild oder hinter dem Bild?

Für die Bildung des Bewusstseinsraums genügt es wohl nicht, dass das Ich überall im Bewusstseinsraum ist.

Wie entfernt voneinander können Informationen im Gehirn sein, die im Bewusstsein benachbart sind?

Findet sich das Subjekt in der Materie vorgezeichnet?

Auch wenn die Materie die Informationen für die Punkte des Bilds liefert, kann die Fläche durchaus schon vorhanden sein.

Das Bewusstsein ist eine Art Kollektiv.

Materie: Die Landmarken des Subjekts.

Entsteht das Ich mit dem Bild?

Muss das Subjekt durch die Materie begrenzt werden?

Ist die Materie ein feinmaschiges Netz, um den Geist einzuspinnen?

Die Bewusstseinsinhalte sind Teile des Subjekts. Wie sind Subjektteile beschaffen?

Bei einer Wechselwirkung sollten wohl Materie und Geist wohl dieselbe »Ausrichtung« haben (falls diese Vorstellung angemessen ist).

Was die Zeit betrifft scheinen Welt-Raum und Privat-welt aneinander gekoppelt zu sein.

Wie fängt man eine Privatwelt?

Geht unser Blick nach innen oder nach außen?

Sicherlich ist das Private infolge seiner Auf-sich-selbst-Bezogenheit auf die Einwirkung eines Allgemeinen an-gewiesen, um die wechselnde Vielfalt der Bewusstseins-inhalte erfahren zu können.
Doch wie erkennt das Private die Bedeutung des jeweiligen Allgemeinen (z. B.: »Das hier ergibt einen blauen Punkt.«)?

Das Allgemeine ist der Ort, wo »die Karten gemischt werden«.

Wahrscheinlich funktioniert das Bewusstsein nach dem Prinzip des zirkulierenden Springbrunnens.

Das Subjekt als »fühlendes Wesen«: Hat das Bewusstsein selbst mehr als eine Dimension (mehr als die Dimension der Wahrnehmung)?

Was von der Materie für das Bewusstsein relevant ist, scheint in erster Linie das Datenmaterial zu sein.

Vielleicht ist Bewusstsein die Grenzregion des Subjekts (zur Materie).

Was außer dem Ich ist noch im Privatraum?

Um zu erfahren, was das Bewusstsein ist, muss man das extremste Bild suchen.

Wir glauben zu wissen, welche Größen aus dem Bewusstsein auf die »materielle Welt« übertragbar sein sollen, aber wir wissen es nicht.

Vielleicht kann sich unser Bewusstsein gelegentlich über das eigene Gehirn ausdehnen.

Begriffe wie »Leib-Seele-Problem« sind etwas irreführend, denn sie erzeugen den Eindruck, als würde es nichts anderes als Leib und Seele (Materie und Bewusstsein) geben …

Verfügt die Materie über ein »Anti-Bewusstsein«?

Vielleicht hat sich das Bewusstsein niemals weit von sich entfernt.

Man müsste die Lagebeziehung des Bewusstseinsraums zum materiellen Raum herausfinden (falls man z. B. bei Emotionen überhaupt von Raum reden kann).

Es sieht so aus, als würde das Ich erst in der Wechselwirkung (des Geistes) mit der Materie entstehen.

Bedeutet Wechselwirkung (Materie – Bewusstsein) Umwandlung?

Eine Spekulation: Der Geist schuf die materielle Welt nach seinem Bild …

Kann sich ein »Ding« gleichzeitig in zwei Räumen (im Privatraum und im allgemeinen Raum) befinden?

Wo im materiellen Raum ist das Ich?

Vielleicht erklären sich die Inhalte des individuellen Bewusstseins eher als Ergebnis einer Wegnahme.

Man könnte die Wechselwirkung von Materie und Bewusstsein verstehen, wenn man die gemeinsame Ursache erkennen würde.

Das Ich lebt in einem purpurnen Palast.

Die Zeit (des materiellen Raums) scheint eine subjektive Basis zu besitzen – kurz ist kurz, lang ist lang.

Vielleicht liegen Allgemeines und Privates doch nicht nebeneinander, sondern sind ineinander verschränkt.

Im Allgemeinen finden sich die Spuren des Subjekts.

Gibt es »losgelöste« Bewusstseinsinhalte?

Sieht das Bild sich selber an?

Wir sind die Expression des Ichs.

Wie kann es sein, dass sich ein Teil der Welt als empfangendes Ich betrachtet?

Das Ich ist nicht trennbar von seiner jeweiligen Individualität.

Vielleicht sind wir durchaus in der Lage, anderes Bewusstsein zu erreichen, und wir können es lediglich nicht von der »Materie« unterscheiden.

Bewusstsein ist eine Welt über (»via«) das Ich.

Es scheint so, als müsste die Quelle der Bewusstseinsinhalte immun sein gegen das Leid, das sie enthält.

Das Bewusstsein ist nach einer bekannten Anschauung vielleicht etwas vom »Ganzen«.

Wie würde das reine Bewusstsein aussehen, wenn man die Materie abgezogen hat?

Materie bedeutet Veränderung des Bewusstseins.

Was würde mit dem Bewusstsein geschehen, wenn man ganz pauschal gesprochen die Materie (im Universum) verändern würde, vernichten würde?

Vielleicht gibt es einmal eine Vereinigung der kleinen Gucklöcher.

Was ist so mächtig, dass es sich eine derartige Entfremdung seiner selbst (= Privatwelten) schafft?

Was ist das, dessen Absonderung wir sind?

Wahrscheinlich besitzt die Materie überall »bewusstseinsmäßige Grundlagen«, sonst würde sich z. B. das Bewusstseinsbild wohl nicht auf der Basis materieller Informationen erzeugen lassen.

Vielleicht könnte die Materie nicht existieren ohne den festen Halt, den das Bewusstsein gibt.

Es ist durchaus möglich, dass weitere Räume mit den bekannten Räumen verschachtelt sind. So könnte sich ein anderer Raum im Privatraum befinden.

Das Problem ist, dass man keine Vorstellung besitzt, mit welcher Art von Austausch man es beim Bewusstsein zu tun hat (z. B. Materialaustausch, Informationsaustausch usw.).

Gibt es einen Austausch von Beobachtungen?

Vielleicht befindet sich die Quelle des Bewusstseins in einem eigenen Raum.

Mit dem Subjekt hat sich eine Kluft innerhalb der Welt gebildet.

Wenn man die Subjekte zurückverfolgt, schneiden sie sich in der Materie.

Der Körper (bzw. die Materie) ist zunächst einmal eine Veranschaulichung des Bewusstseins.

Offensichtlich ist auch die Kluft abbildungsfähig.

Die Welt besitzt also anscheinend auch eine Gegenposition ihrer selbst.

Vielleicht bildet die Materie Strukturen aus, die den Geist anziehen.

Entsteht Bewusstsein durch Trennung, durch Entmischung?

Vielleicht ist Bewusstsein eine Abbildung des Ganzen auf einen Teil.

Die Materie, falls man überhaupt von Materie sprechen sollte, ist lediglich die Strukturierung des Geistes.

Vielleicht verändern sich die Bewusstseinsinhalte während des Bewusstseinsvorgangs (bzw. davor und danach) gar nicht.

Wie kann etwas bewusst sein und dann wieder nicht? Weil die Zeitachse so nicht stimmt?

Anders als die Zeit stellen wir uns den »objektiven Raum« durchaus als losgelöst vom subjektiven Empfinden vor. (Allerdings ist beim Raum der physiologische Übermittlungsprozess auch länger.)

Den Bewusstseinsinhalt Dunkelheit würden wir auch nicht anders erwarten ...

Vielleicht gibt es keine verschachtelten Räume (und keinen allgemeinen Raum).

Das Multi-Ich.

Vermittelt die Materie dem Ich den Zugang zu den Lagerräumen des Geistes?

Jedes Ich ist ein/im Mittelpunkt der Welt.

Im Bewusstsein hat alles seinen Stellenwert.

Das Bewusstsein besitzt offensichtlich einen Maßstab, mit dem die vorliegenden Daten verglichen werden.

Warum ist der optische Reiz, das Licht, dem Bewusstseinsbild zugeordnet?

Wie verhält sich das Bewusstsein zur Steuerungsfunktion des Gehirns?

Wie kommen wir zu unserer (bewusst wahrgenommenen) Größe? (Stichwort: Eichung.)

In welchem Maße ist das Ich am Bewusstwerdungsprozess beteiligt?

Die Bewertung von Größen geschieht zunächst einmal auf physiologischer Ebene (z. B. hohe oder niedrige Temperatur)!

Gibt es Verbindungsstücke zwischen Materie und Bewusstsein mit einem Materieende und einem Bewusstseinsende?

Hat die Materie die Fähigkeit, Subjekte abzutrennen?

Vielleicht hat die »objektive Zeit« (das, was der bewussten Zeit im Bereich der Materie zugeordnet ist) auch sehr wenig mit dem, was wir erleben, zu tun. (Aber das ist ja eigentlich auch bedeutungslos ...)

Materie und Bewusstsein mussten sich einander anpassen.

Vielleicht ist die Vorstellung einer »Wechselwirkung« Materie/Bewusstsein auch falsch.

Gäbe es keinen materiellen Raum, würden – wenn man das so sagen kann – die Subjekte alle aufeinander liegen.

Das Bewusstsein gehört mir allein, also gehört mir die Welt.

Was kann in das Subjekt hineinwirken?

Die Materie kann offensichtlich nach Belieben Bewusstseinsinhalte an- und abschalten.

Die Materie schiebt sich »zwischen« Ich und Bewusstseinsinhalte.

Vielleicht hat die Materie auch keine aktive Einwirkungsmöglichkeit auf das Bewusstsein (nur eine indirekte, passive).

Vielleicht sollte man von der Existenz eines Mediums, in das die Privatwelten eingebettet sind, ausgehen.

Wir sind die Boten vom Stand der Dinge.

Das Bewusstsein ist eine Welt der (gebündelten) Blicke.

Voraussetzung für einen Blick ist ein fester Standpunkt in der Welt.

Wir sind der Beweis, dass die Welt nicht aus Elementarteilchen besteht.

Ich und (wechselnde) Vielfalt sind untrennbar miteinander verbunden.

Die unbekannte Dimension Leben (im Sinne von bewusstes Leben).

Die Materie ist die Ruhezone des Bewusstseins.

Die Materie bildet eine Bewusstseinsbarriere.

Die materielle Welt ist gewissermaßen »objektiver Geist«, die Abbildung aller Subjekte, das Buch der Seelen.

Man könnte sich vorstellen, dass der Vorgang der Entstehung eines Subjekts noch weit gewaltiger ist als die Bewusstseinsvorgänge, die wir erleben.

Das Bewusstsein ermöglicht keine Beobachtung seiner Kausalität.

Das Bewusstsein könnte man auch mit einer Fotoplatte vergleichen, die senkrecht zur Bewegungsrichtung der Materie aufgestellt ist.

Wir stehen auf dem schwankenden Boden der Bewusstseinsquelle.

Welche Stangen befinden sich im materiellen Raum, die sich (über welche Zwischenstufen?) auf das Bewusstsein abbilden?

Womit ist die jeweilige Kopplung von Materie und Bewusstseinsinhalt verankert?

Was ist das, das die Abspaltung eines Subjekts bewirkt?

Materie und Bewusstseinsquelle müssen sich schneiden, damit Bewusstsein entsteht.

Das Bild ist immer und überall gleich groß.

Das Subjekt ist eine Barriere.

Das Bewusstsein ist der Blick parallel zur (zeitlichen) Bewegung des Gesehenen.

Was ist das Subjekt noch, neben dem räumlichen Bewusstseinsgebilde?

Die Welt, die die privaten Dinge enthält, sieht ganz anders aus (als eine »materielle Welt«).

Welche Maschine produziert private Dinge?

Hat sich erst einmal ein Zentrum der Welt etabliert, ist, was sich darin befindet, nicht mehr den Bedingungen des offenen Austauschs ausgesetzt.

Funktioniert das Bewusstsein anders als eine gegenwartslose Theorie?

Wo im Bewusstsein könnte man vielleicht Relikte der Vorstufe der Bewusstseinsinhalte entdecken?

Vielleicht ist das Bild die Oberfläche eines räumlichen Gebildes (einer »Leuchtbox«).

Elementares (»Materie«) und Komplexes (Bewusstsein).

Wir können in der materiellen Welt nichts Bewusstes entdecken, weil uns schon die materielle Welt nur indirekt zugänglich ist. Wir können im Bewusstsein Spuren der Materie und Spuren der Bewusstseinsquelle finden.

Auf der Ebene des Bewusstseins gibt es nur (zu Subjekten) Kollabiertes.

Befindet sich die Bewusstseinsquelle im Raum zwischen den Privaträumen?

Vermittelt die Materie dem Bewusstsein die Zeit?

Woher kommt das Bild des Ichs, das das Ich offensichtlich besitzt?

Bewusstsein bedeutet auch Mittenbildung.

Sind unsere Bewusstseinsinhalte Abbildungen eines Ur-Erlebens?

Von wie weit her können die Bewusstseinsinhalte zu uns kommen?

Ist die Bewegung auf das Ich durch eine Anziehungskraft des Ichs verursacht?

Was legt eine Brücke über die Kluft, die wir sind?

Ist das Bewusstseinsbild gekrümmt oder eben, oder »gekrümmt-eben«?

Was wird nicht gesprengt vom Subjekt?

Wie viele Subjekte kann die Bewusstseinsquelle ermöglichen?

Die Welt besteht aus Bildern, vollständigen und unvollständigen Bildern, oder vollen und leeren Bildern.

Wie müssen die »Informationen« vorliegen, damit sie sich das Ich nehmen kann?

Das Ich muss keinesfalls unmittelbar die Materie berühren.

Natürlich gehört die Welt sich selber.

Was ist das Ich »objektiv«, auf der Ebene der Materie? Gibt es irgendwo außerhalb etwas, das dem Ich entspricht?

Wie würde die Welt aussehen, wenn man sie nicht in der verzerrten Perspektive, in der »Zentralperspektive« des Ichs betrachtete?

Könnte sich das Subjekt abkoppeln (von der Materie), z. B. über die Zeit?

Im Bewusstsein ist wohl jeder Punkt mit allen anderen Punkten verknüpft.

Das Bewusstsein reicht in das Viele hinein.

Die Materie ist (auch) ein universales Kommunikationssystem, eine Universalsprache.

(Erlebte) Zeit und Tod befinden sich nicht auf derselben Ebene.

Man stellt es sich immer so vor, als müssten die Bewusstseinspunkte zu einer Stelle hin transportiert werden …

Die Welt kann nur bestehen aus … (z. B. Wahrnehmungen).

Ich – im blauen Tunnel des Winterhimmels.

Was ist das Ich, nicht als Ich gedacht?

Natürlich möchte die Welt etwas über sich erfahren.

Reicht der lange Arm des Ichs bis zum Anfang der Welt und wieder zurück in die Gegenwart?

Ist die objektive Zeit (die wir nicht kennen) auch ein Aspekt der Verteilung des Subjekts?

Welche weiteren Räume, Bewusstseinsinhalte gibt es noch?

Wir können von der »Materie« schließlich lediglich Quantitatives, also Zahlenmaterial, in Erfahrung bringen.

Wie bewerkstelligt es die Welt, sich selber aufzuhalten?

Vielleicht ist Bewusstsein die Ruhezone in der Welt.

Wenn der Bewusstseinsraum in keinem Verhältnis zum materiellen Raum steht, könnte das ganze All im Bewusstsein Platz haben ...

Wo im Blick ist die Materie?

Das Bild hat keine Lücken. (Heißt das, dass das Bild zuerst kommt?)

Natürlich ist die Welt belebt.

Die Zuordnung der materiellen Informationen zu konkreten Bewusstseinsinhalten könnte ursprünglich durchaus nach dem Prinzip von Versuch und Irrtum hergestellt worden sein.

Auch wenn es das Allgemeine gibt, kann es ganz anders beschaffen sein als der Begriff es nahelegt. Die Vorstellung vom Allgemeinen ist ein Bewusstseinsinhalt des Privaten.

Vielleicht gibt es auch keine sich überschneidenden Räume.

Das Private ist sowohl im Kleinen als auch im Großen beschränkt, während uns das Allgemeine in unserer Vorstellung unbegrenzt klein und unbegrenzt groß erscheint.

Was zieht uns auf seine Seite?

Woher kennt die Materie die Anzahl der Informationen, die das Bild benötigt?

… und dann war da auf einmal das Kino.

Im »Gucklochmodell« müsste man sich die Materie wohl zweidimensional vorstellen. (Ist die Materie das Brett oder das Loch im Brett?)

Die Materie ist etwas für alle.

Ist Materie die abgewandte Seite der sich entfernenden Bewusstseinsinhalte?

Benötigt das Private das ganze Raum-Zeit-Gebilde der Materie um sich aufzuteilen?

Vielleicht machen manche Dinge wie die Bewusstseinsinhalte zeitliche Kurven (vor und zurück).

Das Ich muss eine Auffangvorrichtung haben.

Die Materie ist dem Bewusstsein nicht fremd.

Für die Welt kann es nicht so schwierig sein, sich selbst zu sehen.
Die Welt benötigt lediglich einen Spiegel.

Vielleicht ist die Welt ein Bild (das zum Ich transportiert werden muss).

Geht unser Blick nach vorn oder nach hinten?

Wie sieht das Bild aus, wenn es nicht gesehen wird?

Kommt die Bewusstseinshülle, in der wir stecken, von außen oder von innen?

Ist das Ich gezwungen, eine bestimmte Gestalt anzunehmen?

Was zwingt das Ich dazu, eine bestimmte Gestalt anzunehmen?

Bewegt sich die Welt in einem größer werdenden Kreis?

Sind wir »Schmarotzer«?

Das Komplexe (Bewusste) ist ausgedehnt in Raum und Zeit.

Das Bild besteht aus Struktur und Farbe.

Vielleicht muss sich das Ich in seiner Bewegungsgeschwindigkeit der Umgebung anpassen.

Ist Bewusstsein ein Resonanzphänomen?

Das Ich hat eine Zeit, in der es sich bewegt, und eine Zeit, die es erfährt.

Wir kennen unsere Bewusstseinsmaschine nur so, wie sie sich uns als Bewusstsein zeigt.

Wir sind wohl nur am äußeren Kreis der Mitte.

Wo ist der leere Raum, der für die Subjekte bereit steht?

Was ist die Kälte? Sie ist kein Subjekt, aber eine Macht.

Weicht die Welt vor uns/für uns zurück?

Anscheinend haben wir Anteil an der Macht.

Wie bewusstlos kann das Ich sein?

Kommt das Bewusstsein nicht »von außen«, sondern »von innen« zu uns?

Für einen Blick benötigt man keinen Raum, keine Fläche. Man benötigt nur einen festen Punkt und eine Richtungsbeschreibung?

Anscheinend isoliert sich das Bewusstsein gegen sich selbst (betrachtet man das Verhältnis der Subjekte untereinander).

Vielleicht ist Bewusstsein eine Frage der »Durchsichtigkeit«.

Das Bewusstsein ist nicht nur ein Bild, sondern eine komplette Wohnung.

Was ist das Bild, aus der Perspektive des Bilds, nicht aus der Perspektive des Ichs?

Das Subjekt ist ein veränderliches »Ding«, anders als die materiellen Dinge, die wir uns als unveränderlich vorstellen (?).

Das Ich ist ein Knotenpunkt, in dem die Fäden verknüpft sind.
Gibt es eine zweite Verknüpfung am anderen Ende der Fäden?

Warum sind wir Produkte?

Wie könnten Vorstufen des Bewusstseins beschaffen sein?

Aus welchen Teilen, die, richtig angeordnet, Bewusstsein ergeben, besteht das Bewusstsein?

Ein Raum ist ausgedehnt und nicht zusammengesetzt.

Wenn die Materie unverzichtbar für die Subjekte wäre, müssten die Subjekte wohl auch Materie enthalten.

In wessen Vertiefungen befinden wir uns?

Vielleicht teilt sich die Welt auf anstatt Abspaltungen zu bilden.

Steht das Ich außerhalb der Zeit?

Die Informationen, welche Abstände von der Mitte gelten sollen, können an sehr unterschiedlichen Stellen vorliegen.

Es geht um Positionierungen.

Das Ich scheint immer in Bewegung zu sein – relativ zu den Bewusstseinsinhalten. (Vielleicht ruht das Ich, und die Bewusstseinsinhalte sind in Bewegung.)

Was ist die Entstehung des Subjekts?

Vielleicht liegt das Problem nicht darin, warum wir uns von der Welt entfernt haben, sondern darin, warum manche Dinge sich von uns entfernt haben.

Könnte Bewusstsein bedeuten, dass ein Kreis geschlossen oder dass Bewegtes beruhigt wird?

Ist Wahrnehmung Bewegung (durch die Dinge hindurch)?

Die Materie ist keine Umgebung des Subjekts. Die Materie ist nur Umgebung von Materie.

Was ist in diesem Sinn die »Umgebung« der Mitte? (Die »Mitte der Mitte«?)

Sitzen wir in einem Kino, in dem jeder sein Privatbild sieht?

Schafft das Bild sich seine Betrachter?
Haben die Bewusstseinsinhalte den Willen, wahrgenommen zu werden?

In der materiellen Welt könnte sich das Bild bzw. die Repräsentation des Bildes auf ganz unterschiedliche Ebenen verteilen.

Man müsste den Bewusstseinsraum genau absuchen – was auch immer das heißen mag –, um der Bewusstseinsquelle auf die Spur zu kommen.

Was, welchen Teil der Welt, beobachtet ein Beobachter?

Die Perlenkette: Auf welcher Schnur sind wir die Perlen?

In einer multiperspektivischen Welt müssten sich die Subjekte überlappen.

Wer oder was kann einen privaten Raum zur Verfügung stellen?

Was befindet sich in den Ritzen des Bewusstseins? Wie porös oder kompakt ist das Bewusstsein?

Und schließlich gibt es noch etwas, das in keinerlei Kontakt zum Bewusstsein tritt …

Möglicherweise hat sich die Struktur, die wir im Bewusstsein beobachten, nicht durch Strukturierung der Materie, sondern durch Strukturierung des Geistes gebildet – dadurch, dass erst der Geist die materiellen Puzzleteile zu einer Struktur zusammensetzte.

Man könnte sich also vorstellen, dass der Geist die Bewusstseinsinhalte strukturiert, die Farbtöpfe der Bewusstseinsquelle so anzapft, dass ein harmonisches Gebilde entsteht.

Vielleicht liegt die Bewusstseinsquelle in der Zukunft, und die Materie ist der in der Vergangenheit erstarrte Geist.

Materie als Vergangenheit hieße: Nicht das Gehirn formt das Bewusstsein, sondern das Bewusstsein formt das Gehirn.

Das Gehirn ist ein Einschnitt oder eine Einschnürung.

Wenn die restliche Welt aus dem gleichen Material wie wir besteht, ist sie auch ein Subjekt.

Auch die Vorstellung von der Unbelebtheit der Materie ist ein Bewusstseinsinhalt.

Die (unbekannte) Weltmaschine.

Welche Gestalt hat die Bewusstseinsquelle?

Was können wir bewegen, wie gefesselt sind wir, wenn wir nur die Materie bewegen können?

Man sollte es wohl eher so ausdrücken, dass das Ich zwischen den Wänden des Geistes eingeschlossen ist.

Warum passen Längsschnitt (Materie) und Querschnitt (Bewusstsein) durch die Welt nicht zusammen?

Das Bewusstsein gewinnt Raum durch seine Privatheit, durch seine Einsamkeit, d. h. dadurch, dass es mit nichts in Konkurrenz tritt.

Warum fehlt die Materie im Bewusstsein?

Das Bewusstsein polarisiert die Welt in die Dualität von Ich und Umgebung.

Vielleicht »läuft der Film« die ganze Zeit, auch wenn wir gerade nicht zusehen.
Bewusstseinsquelle = Bild + Vorhang?

Unsere zwei Positionen: die in der Mitte und die in der mittenlosen (materiellen) Welt.

Wir glauben immer, dass die Bewusstseinsmaschine durch Zusammensetzung entstehen muss.

Das Bewusstsein hat die Fähigkeit, ein Ich zu schaffen.

Die konkrete Zahl von Subjekten …
Was ändert sich nicht, wenn ein Mensch stirbt?

Was ist es, das mit Leichtigkeit über uns verfügt?

Die Materie ist unsere Gebrauchsanleitung.

Unser Bewusstseinsraum besitzt einen ziemlich kleinen Durchmesser. Was ist mit dem Raum außerhalb? Wie ausgedehnt ist der Raum außerhalb des Bewusstseinsraums?

Man darf nicht den Fehler machen, gedanklich das Bewusstsein der Materie aufzupfropfen.

Wir kennen nur den Teil der »materiellen Welt«, der mit dem Bewusstsein in Kontakt tritt.

Weder sind die Bewusstseinsinhalte nur für das Ich da, noch ist das Ich ausschließlich für das Ich da.

Vielleicht gibt es »Dinge«, die uns treffen (die Bewusstseinsinhalte), und »Dinge«, die uns verfehlen.

Strukturiert das Bild die Welt?

Das Bewusstsein befindet sich nicht nur räumlich, sondern auch zeitlich in einer Mitte (nämlich in der Gegenwart)!

Warum geht unsere Vorstellung nur in den materiellen Raum hinein, nicht in den Raum der Bewusstseinsquelle?

Die Welt ist unsere Black box. Wir wissen, wie sie zu bedienen ist.

Wenn Bewusstsein die Mitte von Raum und Zeit ist, was ist die Nicht-Mitte?

Gab es eine »Anpassung« Bild – Materie oder nicht?

Wie sieht die Form aus, die uns modellierte?

Oder setzt das Bewusstsein die Welt in Bewegung?

Vielleicht können alle Bewusstseinsinhalte als Mittenphänomene beschrieben werden.

Wie sieht die Welt nicht auf ihrer toten, sondern auf ihrer lebendigen Seite aus?

Das Materielle ist der tote Randbereich der lebendigen Welt.

Natürlich ist auch die Mitte eine physiologische Struktur. (Ein Organismus ist von sich aus schon eine Mitte.)

Besitzt die Besonderheit des menschlichen Organismus auch eine Besonderheit von Bewusstsein (oder ist unser Bewusstsein die einzig mögliche Form von Bewusstsein)?

Die Sonnenscheibe, Lebensquelle …

Hält sich die Bewusstseinsquelle die Bewusstseinsinhalte »auf Distanz«?

In welcher Form sind die Bewusstseinsinhalte in der Quelle verknüpft?

Die Existenz der Bewusstseinsinhalte scheint von der Verknüpfung abzuhängen.

Wie weit sind die Bilder (oder die Subjekte) voneinander entfernt?

Mit welcher Geschwindigkeit arbeitet die Bewusstseinsmaschine?

Wie ist das Bild logischerweise aufgebaut?

Unser Organismus repräsentiert vielleicht nicht das »Bewusstsein«, sondern nur das Ich, das Ende, den Schlusspunkt.

Auch die Vorstellung einer Perspektive (von innen nach außen) ist ein Bewusstseinsinhalt.

Wie gelingt es der Materie, die Tasten der Bewusstseinsmaschine zu bedienen?

Was noch strukturiert die Bewusstseinsinhalte?

Ist die Materie die Wand der »Blutgefäße«, in denen der Geist fließt?

Warum hat man gerade uns die Wahrnehmung anvertraut?

Vielleicht ist Bewusstsein der Widerstand, an den das Private bei seiner Ausdehnung stößt.

Manche Eigenschaften zeigen sich an Grenzflächen (wo sich die Kräfte nicht gegenseitig aufheben).

Die Mächte, die uns hervorbringen, lassen sich nicht in ein Koordinatensystem sperren.

Vielleicht gibt es auch Nicht-Räumliches (z. B. die Bewusstseinsquelle).

Vielleicht ist das Bild gleichzeitig flächig (zum Ich hin) und räumlich (zur Bewusstseinsquelle hin).

Obwohl es sich immer in der Mitte befindet (obwohl es unbeweglich ist?), geht das Ich doch immer mit dem Körper mit.

Bewusstsein ist sicher auch Verdichtung (wovon?).

Was verursacht die Bewegung ins Subjekt? (Z. B. Zufall, Zwecke?)

Stößt das Ich an die Wände der Gegenwart?

Wovon ist das Ich die Mitte?

Endet die Gegenwart hinter dem Bewusstseinsraum?

Ist die materielle Welt das seelenlose Spiegelbild des Ichs?

Befindet sich ein »Ventil« zwischen uns und der Bewusstseinsquelle?

Ist die Gegenwartslosigkeit der Trick des Noch-nicht-Bewussten, um existieren zu können?

Das andere »Ich«: die Gesamtheit meiner momentanen Bewusstseinsinhalte im Zustand vor der Bewusstwerdung.

Besitzt das Bild ein »Ich«, das sich abbilden muss?

Ist die Materie eine Schleife vom Bild weg und wieder zurück?

Was verbindet uns?

Sind wir die nicht sich selbst gehörenden Bewusstseinsinhalte?

Das Bewusstsein fügt die Daten zu einem räumlichen Gebilde zusammen. Ob diesem Gebilde ein »objektiver«, materieller Raum entspricht, wissen wir nicht.

Bewusstsein bedeutet auch (räumliche) Begrenzung.

Wir wissen nicht, was nach uns kommt, wenn uns das Bewusstsein passiert hat.

In welcher Art von Raum befindet sich die Bewusstseinsquelle, und um welches räumliche Gebilde handelt es sich dabei?

Für die Mitte reduziert sich alles andere auf ein Außerhalb.

Ist unser Zeitverständnis eine Konstruktion des Bewusstseins, die das zeitliche Mittenerlebnis mit den anderen Bewusstseinsinhalten, bzw. deren Interpretationen, zu harmonisieren versucht?

Die Mitte glaubt jede Bewegung auf sich selbst zu beenden.

Ausschau zu halten ...

Warum ist die Bewusstseinsmaschine vor uns verborgen?

Das Problem ist, dass wir das Private mit der Brille für Allgemeines sehen/beurteilen.

Kann ein Ja oder Nein das Bild verändern?

Die Bewusstseinsinhalte sind durch das jeweilige Ich »individuell gekennzeichnet«.

Wer weiß, welches Licht brennt hinter dem Bild.

Interessanter als der (illusionäre) materielle Raum und der (ständig neu konstruierte?) Bewusstseinsraum wäre wohl der Raum der Bewusstseinsmaschine.

Nicht alles musste »entstehen«.

Für die Bewusstseinsmaschine scheint der Raum etwas sehr Flexibles zu sein.

Welche Merkmale der Bewusstseinsmaschine lassen sich aus dem Bewusstsein erschließen?

Das Ich ist an verschiedenen Stellen erwacht.

Vielleicht geht unser Blick von außen in den Körper hinein, wird unser Blick durch den Körper kanalisiert.

Das Subjekt steht in der Stufenleiter über dem Raum.

Ist das wohlgeordnete räumliche und zeitliche Nebeneinander (»nur«) eine Eigenschaft des Bewusstseins?

An welchen Orten befinden sich die Subjekte?

Wir verfügen offensichtlich über keine Bewusstseinsinhalte zum Verständnis der Mechanik des Bewusstseins (abgesehen vom Konzept »Freiheit«).

Wovon ist das Subjekt ein Teil?

»Innerhalb des Subjekts« gelten scheinbar andere (Erhaltungs-)Gesetze.

Das Tote ist eine Erfindung des Lebendigen.

Bewirkt das Bewusstsein die zeitliche Entfaltung der Welt?

Wir vermessen das Bewusstsein falsch, weil wir den Maßstab für Materielles anlegen.

Wo könnte das Bewusstsein vielleicht tote Elemente enthalten?

Das Bewusstsein ist an die Wände der festverankerten Welt geschrieben.

Die (bewusst erfahrene) Körpergröße vermittelt uns den Platz, den man uns in der Welt zugewiesen hat.

Besteht die Abfolge der Wahrnehmungen aus jeweils anderen »Dingen«?

Das Ich ist vielleicht eine »Abstraktion«, ein Bild einer Eigenschaft.

Nicht-privates Bewusstsein?

Eine Parabel: der »römische Brunnen«.

In unserer Vorstellung des materiellen Raums ist kein Platz für das Bewusstsein.

Was bedeutet »Ende« (wie es die Mitte ist)?

Wir verstehen das Bewusstsein nicht, weil wir es uns nur als »Oberfläche der Materie« vorstellen können.

Findet sich in uns eine Teilautonomie verkörpert, wie sie die Bewusstseinsinhalte besitzen?

Wie groß in uns ist der Anteil des Bewussten und welche Lebensform hat das uns nicht Bewusste?

Wo ist das Bewusstsein sinnvollerweise angesiedelt?

Unser biologischer Körper sagt uns, wir würden uns gar nicht so sehr von der Umgebung unterscheiden.

Könnte unsere Vorstellung des objektiven Raums der Grund sein, warum uns das Bewusstsein »zentralperspektivisch« erscheint?

Spiegelt sich im Zahlenmaterial der Materie nur die Strukturierung des Bewusstseins oder mehr?

Jedenfalls stehen wir einem Koloss (der Bewusstseinsquelle) gegenüber, der sich meist neutral verhält, dann aber wieder seine ganze Macht entfaltet.

Vielleicht sind Bewusstseinsquelle und das, was das Bewusstsein strukturiert, gar nicht getrennt.

Man darf nicht vergessen, dass es sich beim Bewusstsein (und seinem Ursprung?) um etwas Lebendiges handelt.

Bin ich an vielen Orten?

Das Ich verbindet die Orte.

Die Bewusstseinsinhalte müssen so an uns abgegeben werden, dass sie sich zu einem Subjekt zusammenfügen.

Was verbirgt sich hinter den endlosen Kausalitätsketten der Materie?

Gibt es eine Welt um uns, die weder tot noch lebendig ist?

Wir sind darauf fixiert, dass die Blickrichtung vom Lebendigen zum Toten geht, vielleicht geht sie eher vom Toten zum Lebendigen.

Natürlich nimmt das Ich immer nur das Seinige wahr. (Der Körper ist die Konsequenz des Ichs.)

Was ist das Meinige?

Was könnte Totes lebendig machen?

Wie sieht das Gesamtgebilde aus, in das unser Bewusstsein eingebettet ist? Sollte man fragen: das Gesamtgebilde des Bewussten oder des Noch-nicht-Bewussten?

Das, wofür wir uns halten, ist das, wofür wir uns halten sollen.

Sind wir Teil einer (im mythologischen Sinn) »abgefallenen«, nach Autonomie strebenden Welt?

Bewusstsein ist auch Bedeutung (wobei diese dann häufig als unzureichend empfunden wird).

Mit dem Ich ist offensichtlich die Vorstellung der Beheimatung in einer materiellen Welt verknüpft.

Mit dem Bewusstsein ist die Frage nach dem Wem (etwas bewusst werden soll) gekommen.

Wie würde das Bild unstrukturiert aussehen? (»Grau«?)

Warum benötigt das Lebende das Tote?

Bewusstsein bedeutet auch Abstandslosigkeit.

Was fällt dem Ich besonders auf, was wird nicht so leicht bemerkt?

Warum schafft sich die Welt ein Ich, »wenn sie nichts davon hat«?

Ist unsere Wahrnehmung Teil eines übergeordneten Phänomens?

Wie hält sich das Bild am Leben?

Das Bild muss nicht am Leben gehalten werden, es ist unvergänglich.

Gibt es eine weitere Form von Zeit, die Nicht-Gegenwart, in der sich die Bewusstseinsquelle befindet?

Das »Handschuhprinzip«: wenn man die Mitte nach außen stülpt …

Taucht das Subjekt »am Ende« der materiellen Welt nochmals auf?

Welcher »Christophorus« trägt uns?

Unser »Bewusstseinskörper«, unsere Bewusstseinskammer: Wie kommen wir hinein? Haben wir etwas anderes daraus verdrängt?
Wie konnten wir überhaupt ein Teil der Welt werden?
Weil wir etwas Neues (»außerhalb« der Welt) sind?

Ist der Raum ein Produkt der Gegenwart (also des Bewusstseins)?

Könnte das Subjekt von seiner Gegenwartsverhaftung (und der damit verbundenen Sinnproblematik) gelöst werden?

Das Tausendauge ...

Materie: Wir tun so, als würde es uns nicht geben.

Das Bewusstsein sollte weniger egozentrisch betrachtet werden.

Zu was wird das Bewusstsein, wenn man die Verknüpfung im Ich auflöst?

Das Bild wird nicht betrachtet, es wird daran Anteil genommen.

Suggeriert die materielle Welt Trennung, wo eigentlich Zusammengehöriges ist?

Was macht nur für ein Subjekt Sinn (Glück, Unglück, »Existenz«?), was nicht?

Man sollte die Bewegung, die ins Ich führt, in umgekehrter Richtung verfolgen.

Wem verdanken wir es, dass unsere Wahrnehmung nicht nur das Rauschen des Chaos enthält?

Entstand das Bewusstsein in einer geistigen »Ursuppe«?

Die Materie suggeriert uns tote Räume.

Das Materiekonzept hindert uns, die Entstehung des Ichs zu begreifen.

Bewusstsein = Wahrnehmung + Freiheit?

Das Subjekt entsteht, da es bevorzugt ist.

»Energieminimum« Subjekt?

Man sollte die Selektion, die die Wahrnehmung auch ist, nicht aus der Perspektive des Ichs sehen.

Was ist das, was »Ich« denken lässt?

Wie verändert sich die Bewusstseinsquelle bei der Abgabe der Bewusstseinsinhalte?

Bewusstsein bedeutet Trennung (zwischen den Subjekten) und Gemeinsamkeit durch die Strukturierung.

Ich – das große Wahrnehmungsgebilde.

Sicherlich ist an der Strukturierung der Bewusstseinsinhalte (was z. B. unseren Körper betrifft) auch das würfelnde Chaos beteiligt.

Das Denken (das Materiekonzept) ist eine Folge der Freiheit (insofern die Materie eine Gebrauchsanleitung ist).

Kennen wir »alle möglichen« Farben?

Warum gerade mir …?

Könnten Bewusstseinsinhalte und das, was die Bewusstseinsinhalte bewegt, identisch sein?

Nur das Chaos und das Ich bewegen die Bewusstseinsinhalte?

Natürlich ist die gesamte Materie Teil der Wahrnehmungswelt.

Die Materie ist vielleicht nur eine Metapher für das Zusammenspiel von würfelndem Chaos und Ordnung, wie sie/es z. B. das Bild (oder der »Geist«) aufgebaut hat.

Wir sehen immer nur Materie und Bewusstsein und nicht den gigantischen Wahrnehmungskomplex.

Wie (wenig) außerordentlich ist unsere Position?

Natürlich sehen wir alle dasselbe. (Das ist noch kein Beweis für eine materielle Welt.)

Jedenfalls ist das Ich eine Eigenschaft der Welt.

Die Welt beherrscht den Handschuhtrick, wechselt die Blickrichtung, verwandelt Äußeres in Inneres, Offenes in Abgeschlossenes.

Wir als Teile besitzen die Freiheit, weil wir beweglich sind, das Ganze ist schließlich unbeweglich (?).

Glück und Leid sind natürlich eine »Folge« der Freiheit.

Vielleicht besitzen wir keine Freiheit, nur eine Ahnung von Freiheit.

Die Form des Körpers ist immerhin schon ein Anhaltspunkt.

Wir haben also auf der einen Seite das einfache, konstante Allgemeine (in der Vorstellung), auf der anderen Seite das vielfältige, unbeständige Private. Einen »Übergangsbereich« rechnen wir zum Allgemeinen.

Hat »jede Zeit« ihren eigenen Raum?

Die Materie ist der Hebel, mit dem wir das Bewusstsein bedienen, oder besser: den Hebel interpretieren wir als Materie.

Wie kann das Ich etwas finden, das zu ihm gehört?

Wenn wir frei beweglich sind, muss etwas anderes den Spielraum zur Verfügung stellen.

Wie potentiell frei ist das Bewusstsein?

Die Wahrnehmung reicht nicht viel weiter als die Freiheit.

Unsere freie Einflussnahme auf das Denken (auf die Wahrnehmung des Materiemodells) stellen wir uns ohne Vermittlung der Materie vor!

Wo könnte man ein Wahrnehmungsmodell finden?

Wo sind wir eigentlich?

Musste das Private das Allgemeine aus sich eliminieren?

Würfelspiele spiegeln unser Weltmodell wider: Zufall, Freiheit, Notwendigkeit.

Welche anderen Aufgaben in der Welt gibt es noch – außer die des Beobachters (welche unsere Aufgabe ist)?

Warum bin ich nur hier (und nicht auch anderswo)?

Vielleicht musste das Allgemeine erst ins Private vordringen.

Das Ich ist etwas, das dem raum-zeitlichen Nebeneinander vorausgeht.

Was ist das, was subjektive Köpfchen, Subjekte ausbildet?

Im Wahrnehmenden spiegelt sich das, was wahrnehmen lässt?

Wir wissen nicht, wie wir »aussehen«.

Leerer Privatraum (ohne Bewusstseinsinhalte)?

Das Innere des Inneren – das Äußere des Inneren.

Besteht die Welt aus ungebündelten (und gebündelten) »Wahrnehmungen«?

Auch dass wir uns »außerhalb« der Welt verorten, ist ein vorgegebener Bewusstseinsinhalt. Aber wie kann das Außerhalb ein Innerhalb werden?

Mit dem Konzept »Wahrnehmung« schaffen wir uns die Einteilung in Welt, Leib und Seele.

Unsere Wahrnehmung ist schon bis zum Ich vorgedrungen.

Findet im Bewusstsein Austausch oder Verwandlung (im Wortsinn) statt oder etwas anderes?

Hätte sich der Stoff, aus dem wir sind, auch zu etwas ganz anderem zusammensetzen können?

Das Ich hat Glück, dass es ein so wohlgeordnetes Bewusstsein besitzt, oder: das Ich hat die Ordnung »angezapft« (z. B. um Konstanz zu bekommen).

Welchen Beitrag leisten wir eigentlich?

Wieviel zusätzliches Material (Abfall) muss verbraucht werden, um ein Subjekt entstehen zu lassen?

Man sollte die Abspaltung nicht als Abspaltung betrachten.

Welchen Effekt hat die (horizontale) Vernetzung der Bewusstseinsinhalte?

Wie kann sich das Ich in mich wandeln?

Könnte dem Bewusstsein das Vermessen genügen?

Welche Distanz misst das Bewusstsein?

Wie blättert das Ich im Buch des Noch-nicht-Bewussten?

Wenn die Gegenwart (»nur«) ein Bewusstseinsphänomen ist, trifft dies auch auf die Vergangenheit zu.

Sicherlich gibt es einen größeren Komplex, der die Wandlungsfähigkeit des Bewusstseins verständlich machen würde.

Wo ist die Gegenwart?

Setzt sich die Gegenwart in unserer Umgebung fort?

Offensichtlich sind die Gegenwarten der Einzelsubjekte synchronisiert (anders als bei den räumlichen Mitten, die nicht verknüpft sind).

Gibt es die (räumliche, zeitliche) Mitte auch ohne Subjekte?

Was ist mit den Subjekten, die nicht in unserer Gegenwart leben?

Ist das Bild, das wir sehen, das Original oder eine Kopie?

Vielleicht sind Konkretisierung und Zerstreuung miteinander verknüpft.

Wir können alles besitzen, wenn es nicht schon einem anderen gehört.

Warum besteht das Ich nicht nur aus – Gefühlen?

Könnten wir Geschöpflichkeit und Freiheit verstehen, wären wir einen großen Schritt weiter.

Haben wir noch etwas anderes außer Wahrnehmung und (Wahrnehmung von) Denken?

Wir kennen nur die Welt der Subjekte (und nur vom Standpunkt des Subjekts), andere Welten kennen wir nicht.

Selektion der Bewusstseinsinhalte – Selektion des Ichs?

Wieviele Bewusstseinsinhalte ergeben zusammen ein Subjekt?

Besitzt die Bewusstseinsquelle auch eine Wahrnehmung?

Die Welt lässt sich nur kurz in unsere Hand fallen, die Welt lässt sich durch uns durch fallen.

Die Welt scheint eine Tendenz zum anderen zu haben.

Ist die zeitliche Verknüpfung ein Hinweis darauf, dass wir alle das gleiche Bild sehen?

Wer macht für uns die Musik?

Wie ist es, vom Bewusstsein verlassen zu werden?: Stirbt die Bewusstseinsquelle unaufhörlich?

Was verrät das Produkt über die Maschine?

Die Welt hat die Fähigkeit, in viele Gestalten zu schlüpfen.

Was hat sich in mich verwandelt?

Wir sehen, was sich zeigt.

Müssen wir eine gestörte Harmonie ausgleichen?

Hat sich der Geist die materielle Welt eingerichtet, damit er ein Museum (etwas Allgemeines) besitzt?

Besteht das Bewusstsein aus einem konstanten und einem variablen Anteil?

Wie sieht das Grundgerüst aus, das das Private trägt?

Gibt es eine grundlegende Eigenschaft des Subjekts, die wir nicht kennen?

Man müsste wissen, wie aus den Privaträumen ein Haus wird.

Das Bewusstsein hat Einmaligkeit (des jeweiligen Ichs).

Man bräuchte einen subjektiveren Blick auf das Subjekt.

Besitzt das Bewusstsein magische Kraft (etwas zu erschaffen)?

Wer hat sich das alles ausgedacht?
(Warum gibt es das alles, was wir wahrnehmen?)

Wir haben nur den »eindimensionalen« Blick des Ichs auf die Welt. Was wir vom Bewusstseinsraum wahrnehmen, stecken wir sofort in das Modell des materiellen Raums.

»Steckbrett« Bewusstseinsbild.

In welchem Bereich der Welt befindet sich das Wahrnehmungsgebilde (das Subjekt)?

Das »Für-Mich« ist ein Teil des »Für-Alles« (und die Mitte ein Teil des Ganzen)?

Ist unser Ich die verwischte Spur der Verknüpfung in der Bewusstseinsquelle?

Ist es die Gegenwart, die uns auf uns einschränkt?

Wir haben den Raum als Bewusstsein.

Wir nennen unser Bewusstsein privat, nur weil die Welt sich vergessen hat?

… und tut so, als würde es sich nicht auskennen.

Unsere Erkenntnis reicht nur so weit wie unsere Freiheit.

Was ist das Überindividuelle?

Was sind wir noch?

In der »Welt« könnte es uns gar nicht geben.

Vielleicht ist die materielle Welt lediglich eine Interpretation des Bewusstseins als Vermessung von Abständen.

Wer oder was erträgt unsere Freiheit?

Befinden wir uns am Beginn der Herrschaft des Ichs über die Bewusstseinsinhalte?

Sind wir die Perlen, die von der Perlenkette sprangen?

Das Bild altert nicht: die Konstanz des Bewusstseins.

Wer übernahm für uns die Verantwortung?

Der Ort, an dem bei der Vermessung die Mitte angesetzt wird, kann von der wirklichen Mitte noch ein beträchtliches Stück entfernt sein (?).

Wie nah sind wir einander?

Was gibt uns frei?

Was ist näher an der Bewusstseinsquelle: das Ich oder die Bewusstseinsinhalte?

Was ist Ich und Umgebung zusammen?

Gibt es Begegnung?

Was übt Macht auf uns aus: die Bewusstseinsinhalte oder das, was die Bewusstseinsinhalte strukturiert?

Das potentiell Individuelle.

Bereits die materielle Welt will gesehen werden (sicherlich eine etwas fragwürdige Formulierung).

Auch das Vakuum in der Welt ist nicht ganz leer, das sind wir. (Wovon sind wir das Vakuum?)

Wie privat ist das Private?

Das Bild ist – nach unserer Interpretation – gleichzeitig Bild und etwas anderes (Strukturierendes).

Vielleicht ist unsere Umgebung auch größtenteils ohne Einfluss auf das Bewusstsein.

Das Denken besteht aus den Bewusstseinsinhalten zur Wahrnehmungsinterpretation und den Landkarten (Weltkarten).

»Es« hat alle unsre Namen ...

Gibt es »Mögliches«?

Wenn wir die Gesamtheit der Bewusstseinsinhalte sind, die in ein Loch fallen – was ist das Loch?

Wie kann etwas von außen die Kluft zu uns überwinden?

Wäre die Wahrnehmung nicht auf das Ich beschränkt, würden wir gar nichts erkennen (?).

Bewusstsein: Reduktion auf das Ich.

Die »materielle Welt« ist die Welt des Ichs.

Wenn das Bewusstsein nicht mit Zahlen beschrieben werden kann, womit dann?

Das Vielfältige kann nicht so beschrieben werden wie etwas, was sich vereinheitlichen lässt. Es kann nicht in Form punktueller quantitativer Zustände beschrieben werden.

Bewusstsein bedeutet wohl, dass Brücken geschlagen werden.

Du bist nicht das Ich, du blickst nur die ganze Zeit auf das Ich … (?)

Sehen wir alles nur mit einem »geborgten Auge«?

In welcher Richtung haben wir die Wahrnehmung noch nicht abgesucht?

Wir erkennen nur einen Zwischenbereich (Bewusstsein) mit seiner Berechnungsgrundlage (»Materie«), das Davor und Dahinter erkennen wir nicht.

Wo ist der Spiegel, in dem wir uns betrachten könnten?

… bis zur Existenz.

Manchmal bemerken wir, dass die Wahrnehmung keine Wahrnehmung ist, sondern – ein Kunstwerk.

Eine Spekulation: So wie die Naturgesetze für die gesamte Materie gleichermaßen gelten, gilt die Sorge der Bewusstseinsquelle allen Subjekten gleichzeitig ...

Wahrnehmung entstand durch Zurückweichen des Lebendigen (?).

Bildete sich das Bewusstsein durch Trennung des Lebendigen vom Toten?

Gibt es eine Über-Ordnung?

Was wir sehen, verwandelt sich beim Betrachten wohl in etwas anderes.

Offensichtlich ist Abspaltung gleichbedeutend mit Wahrnehmung.

Verdichtet sich die Welt zur Mitte hin?

Wir haben nur einen punktuellen Standort, keinen globalen.

Das »objektive Ich« hat die Fähigkeit, auch ich zu sein.

Wie privat ist die Quelle des Privaten?

Worauf ist das Defizit an Bedeutung (»Sinn«), das das Individuum empfindet, ein Hinweis?

Die Materie kann auch durchaus ein verzerrtes Bild der Materie liefern.

Ist der Welt-Raum, das Weltall, ebenso wie der Körper ein Äquivalent des Bewusstseinsraums?

Nachts sieht man nur, was selber strahlt …

Der Sinn der Wahrnehmung kann eigentlich nicht in der Wahrnehmung liegen.

»Zeit, die uns trägt«?

Sind die Bewusstseinsinhalte Parasiten auf der Suche nach einem Wirt?

Bewirkt die Materie Individualität?

Wir sehen im Leib-Seele-Problem nur den Aspekt der Abbildung.

Ist Abbildung/Spiegelung ein Phänomen der Wahrnehmung?

Das Bewusstsein hat einen hohen Anteil an Gleichem, wir erleben immer wieder dasselbe.

Die Vorstellung, in zwei Räumen zu leben, gehört zu unseren Grundannahmen.

Die »Körperwahrnehmung« legt eine teilweise Übereinstimmung von Wahrnehmendem und Wahrgenommenem nahe.

Überschneiden sich Ich und Wahrnehmung/Bewusstseinsinhalte hundertprozentig?

Besteht für den Geist das »Problem« weniger in der Trennung als in der Verknüpfung der Subjekte (dass wir alle das gleiche sehen)?

Haben sich die Bewusstseinsinhalte umorganisiert (zu unserem Wahrnehmungsmix)?

Wir sehen wie beim Mond immer nur die uns zugewandte Seite der Wahrnehmung.

Wir begreifen nicht das, zu dem uns die Distanz fehlt.

Kann das Bewusstsein aus verschiedener Perspektive betrachtet werden (wie z. B. aus der Perspektive des Ichs)?

Der lebendige Spiegel.

Sind wir bereits in eine »verbotene Zone« vorgedrungen (indem wir über unsere Gefühle frei verfügen können)?

Vielleicht bedeutet die materielle Welt, dass das Ich beginnt, sich von den Bewusstseinsinhalten zu distanzieren.

Vielleicht »sind« wir genauso viel (oder wenig) Körper, wie wir der Stein sind, der vor uns auf dem Boden liegt.

Besteht das Ich in der Möglichkeit etwas zu sein?

Wahrnehmung ist offensichtlich gleichbedeutend mit Geschöpflichkeit.

Als räumliches Wesen kann sich das Subjekt nur in einer räumlichen Welt begreifen.

Man könnte sich vorstellen, dass es »Bewusstseinsatome« gibt, die sich aus anderen Teilchen zusammensetzen, oder aber umgekehrt, dass es größere Einheiten gibt, von denen das Bewusstsein Teile bildet.

Was ist Farbe, die nicht bei mir ist?

Wie muss die Welt beschaffen sein, wenn sie sich schon in uns derartig verliert?

In welchem Substrat findet das Erleben statt?

Vielleicht leuchtet die Räumlichkeit nur kurz auf, wenn sie in den Strahlenbereich der Lichtquelle gerät.

Das Verhältnis Materie – Bewusstsein muss keineswegs eines von Ursache und Wirkung sein.

Privates ist (wer weiß wo) Verstecktes.

Ist das Ich übriggeblieben, weil alles andere weggenommen wurde?

Womöglich gibt es den Raum in »kompakter Form« nur im Bewusstsein und die Materie ist lediglich ein poröses Gebilde.

Wenn ich etwas eigenes bin …

Ist die Bewusstseinsquelle etwas Verknüpftes (wie z. B. das Subjekt) oder etwas Unverknüpftes (wie z. B. die »Materie«)?

Autonomie gibt es nur in der Anarchie … (?)

Gehöre ich »schon immer« zum Inventar der Welt?

Hat sich das Bewusstsein räumlich ausgedehnt, weil es zeitlich (auf die Gegenwart) reduziert ist?

Vielleicht befindet sich der Privatraum in einem größeren Raum.

Wir kennen die Grundsubstanz der Welt nicht.

Ähnlich wie wir ein Konzept von zwei Räumen besitzen (in der Vorstellung!), haben wir eine Erfahrung der Zeit als Gegenwart und als Abstand.

Das Bewusstsein hat keine statische Gegenwart, keinen Stillstand, sondern eine dynamische Gegenwart.

Ständig wird uns vom Bewusstsein unser Tod vorgehalten.

Könnte das Bewusstsein teilweise über die Gegenwart hinausreichen (z. B. was die Zeitwahrnehmung betrifft)?

Im Bewusstsein begegnet uns das Ich in unterschiedlicher Intensität (?).

Offensichtlich bewegen wir uns nicht mit der Zeit mit – oder nicht in derselben Geschwindigkeit. Oder aber es ist das Ich, das die zeitliche Bewegung auslöst.

Gibt es ein Ich ohne Bewusstseinsinhalte?

Die Zeit ist eine weitere Ausdehnungs-/Verteilungsform des Bewusstseins.

Vielleicht befindet sich die gesamte »materielle Welt« in der Mitte (und wird von uns aus der Mitte hinaus projiziert).

Sind wir nur die Wahrnehmungsvorrichtung in einem größeren Gebilde?

Warum müssen wir das Glück erstreben?

Wir kennen die mächtigen Ströme nicht, die uns tragen.

Was ist das Ich bezogen auf das Ich, nicht auf die Bewusstseinsinhalte?

Der riesige Aufwand (all die Bewusstseinsinhalte) diente nur dazu, ein Ich abzusondern.

Woraus besteht die Höhle, deren Wandoberfläche wir sind?

Wir spüren immerzu, dass wir nicht denken, sondern »gedacht werden«.

Die ganze materielle Welt dient nur dazu, ein Ich abzusondern.

Die materielle Welt spiegelt den gigantischen Verwandlungsprozess wider.

Vielleicht gelingt es der Bewusstseinsquelle nicht, uns vollständig zu isolieren, und die Subjekte überschneiden sich teilweise.

Das Ich steht über der Welt.

Was hat die Macht, uns freizusetzen?

Ist Bewusstsein untrennbar mit der Vorstellung einer Doppelwirklichkeit (Leben in zwei Räumen, zwei Zeiten ...) verknüpft?

Wie kann man von der Gegenwart in die Zukunft wirken?

Wir glauben, dass die Welt sich in der Gegenwart verändert, in der gleichen Weise wie wir sie in der Gegenwart verändern.

Wenn wir das Subjekt nicht nur tautologisch beschreiben würden, könnten wir vielleicht auch unsere Umgebung verstehen.

Wo könnten wir vielleicht ein Stück der Wand entdecken, auf die das Bild gemalt ist?

Man sagt uns nicht, wo wir sind.

Wir können die Mitte nicht von außen betrachten.

Ein materieller Raum ist uns nicht zugänglich.

Die Materie ist das Straßennetz des Bewusstseins.

Das Ich ist nur das Ende.

Wie lange können wir noch in unserem Raum bleiben?

Uns wurde ein Teil der Herrschaft gegeben.

Wir sind den Mächten und Gewalten gefährlich nahe.

Wenn wir schon uns selbst nicht definieren können, können wir auch nicht definieren, was uns hervorbringt.

Entweder war unser Bewusstseinsraum schon vor uns da, oder er entstand mit uns, oder diese zeitlichen Aussagen treffen auf die Gegenwart (des Bewusstseins) ohnehin nicht zu.

Bedeutet Bewusstsein auch, dass die Materie in die Gegenwart gebracht wird?

Was lässt das existieren, was sich nicht in der Gegenwart des Lebendigen befindet?

Das alles (diese Strukturierung) kann ohnehin nicht wahr sein ... Das Vertrauen ist nur Vertrauen, kein Vertrauen in etwas.

Sind wir »nur« in unserer eigenen Mitte?

Wo in der Wahrnehmung setzt (eventuell) die Freiheit an?

Von der Gegenwart geht sowohl eine Bewegung in die Vergangenheit als auch in die Zukunft aus. (Wir verändern die Materie.)

Wer weiß, welches Wesen wir beherbergen (– uns beherbergt) ...

Vielleicht bewegt sich die Zeit der Bewusstseinsquelle in umgekehrter Richtung.

Ist Materie die Zukunft?

Wovon sind wir ein Abbild?

Das Bewusstsein lässt alles weg – jede Stütze, Zuleitung usw. –, was nicht einen Zustand der »materiellen Welt« zeigt.

Die Inseln.

Das Bewusstsein tut so, als wäre es für den Körper da und nicht für sich selber.

Das Ich versteckt sich hinter einer Anzahl von Verknüpfungen der Bewusstseinsinhalte.

Befindet sich das Ich in der »Ich-Welt«?

Aus wievielen Bildern besteht die Welt?

Gab es die Gegenwart »schon immer«?

Was ist das für ein Würfel, in dem wir stecken?

Das Bewusstsein befindet sich in einem Bereich, in dem der Zufall schon an Einfluss verloren hat.

Gestaltet die Bewusstseinsquelle die Welt oder ist sie etwas Ruhendes?

Wo ist die Materie (des Gehirns), die sich nicht in der Gegenwart befindet?

Werden wir ohne Materie unsere Individualität verlieren?

Was setzt uns (den Bewusstseinsinhalten) aus?

Hat sich das Ich von den Bewusstseinsinhalten abgelöst?

Vielleicht begrenzt die Materie die Gegenwart.

Gibt es ein unveränderliches Gerüst der Welt?

Die Subjekte: formbares Material?

Irgendwie sind wir blind – für uns selbst und unseren Ursprung.

Sedimente von 12 Milliarden Jahren verdecken die Bewusstseinsquelle.

Könnten wir unsere Gegenwart verlassen?

Müssen wir am Leben gehalten werden?

Liefert uns die Bewusstseinsmaschine auch »falsche« Bilder?

Was ist das, was eine derartige Macht über uns hat?

Wir sind die dünne Haut auf einem beweglichen Körper.

Wir sehen die tausend Beobachtungskanäle in der Welt nicht.

Was könnte man von der Frontalansicht auf die Seitenansicht des Bewusstseins schließen?

Wir haben Glück, dass uns die Materie nicht im Stich lässt.

Der Kontakt von Materie und Bewusstseinsquelle bringt die Welt zum Leuchten.

Das Bild ist mein Bild. Also ist das Ich wohl auch identisch mit dem Bild (und den anderen Bewusstseinsinhalten).

Verliert die Bewusstseinsquelle durch unsere Existenz an Substrat?

Könnte es Bewusstseinsinhalte geben, die noch entfernter sind, uns noch nicht ganz gehören?

Das Bild ist uns immer gleich nah.

Warum sind wir so gut ausgestattet?

Sind die Bewusstseinsinhalte »nur« das Subjekt?

Wir sind ein zusammenpassendes Ensemble von Bewusstseinsinhalten (im Gegensatz zu nicht zusammenpassenden Bewusstseinsinhalten).

Unsere Welt ist nur unsere Welt.

Was gehört zum Ich? (Bewusstsein, …?)

Wie kann ein Ich entstehen ohne Bewusstseinsinhalte, wie können Bewusstseinsinhalte entstehen ohne Ich?

Was wäre das Ich, auf sich allein gestellt?

Sind wir am Rande unbegrenzter Möglichkeiten?

Bewusstsein bedeutet Ausrichtung in Blickrichtung.

Wo in der materiellen Welt wird Wahrgenommenes repräsentiert, wo wird Wahrnehmendes repräsentiert?

Befinden wir uns zwischen dem Fundament der Welt und dem darauf errichteten materiellen Gebilde?

Welches Licht ist so hell, dass wir darin aufleuchten? (Gibt es Bewusstseinsinhalte, die so stark sind, dass sie ein Ich transportieren können?)

Milliarden Jahre war Zeit gewesen, es so zu arrangieren, dass das Bewusstsein als Ende der materiellen Welt erschien und nicht als Anfang.

Wo ist der Kristallisationskeim des Ichs?

Könnte die Abgeschlossenheit auch in irgendeiner Form Offenheit bedeuten?

Vielleicht sind Ich und Bewusstseinsinhalte auch völlig getrennte Dinge, und nur die Illusion des Körpers bringt uns zu der Annahme, Wahrgenommenes und Wahrnehmendes könnten teilweise identisch sein.

Könnte sich das Beobachtungsloch ausweiten, so dass die Bewusstseinsinhalte unkontrolliert auf uns einstürzten?

Wer weiß, wieviele Engel uns begleiten ...

Ist die Bewusstseinsquelle strukturiert oder unstrukturiert?

Wie sah die Bewusstseinsquelle »zum Zeitpunkt des Urknalls« aus?

Vom Standpunkt der Umgebung ist das Ich ein Dich.

Ist die Welt punktsymmetrisch gebaut, mit zahlreichen Spiegelpunkten, die ins jeweilige Ich führen?

Fehlt der Materie die Einmaligkeit (des bewussten Erlebens)?

Die Bewusstseinsinhalte sind auch für mich gemacht.
Inwiefern sind sie speziell für mich gemacht?

Natürlich »ist das All begrenzt«, schließlich handelt es
sich um eine Erfindung des Subjekts.

Das Feuer.

Ist die Bewusstseinsquelle – auch – etwas wie ich?

Wo im Bild bzw. in den Bewusstseinsinhalten könnte
die Bewusstseinsquelle durchscheinen? (Z. B. in unver-
änderlichen Anteilen.)

Mit den Subjekten scheint die Welt die größtmögliche
Vereinzelung eingegangen zu sein.

Die Wahrnehmung ist keine Welt.

Gibt es vielleicht eine Grundbeziehung (Formel, Gleichung), nach der Wahrnehmung funktioniert?

Könnte der Privatraum noch wachsen? – bis zu welcher
Größe?

Vielleicht wird das Subjekt durch ein Subjekt begrenzt.

Wir halten das Bewusstsein für eine »Vorstellung« (die vom Ich auf magische Weise erzeugt wird).

Wir könnten tausend andere Dinge sehen, aber man zeigt es uns nicht.

Wer entschied, was wir sehen dürfen?

Wird die Welt, wenn sie nur noch für das Ich da ist, so dünn, dass das Licht durchscheinen kann?

Was verleiht die Fähigkeit zu sehen?

Wenn das Ich die Summe der Bewusstseinsinhalte ist – warum wechseln diese so ohne weiteres?

Was erklärt die Rätsel der Identität? (Was enthält Identität?)

Wenn die Welt sich an sich selbst verschenkt – entsteht noch kein Mensch.

Vielleicht könnten wir noch wesentlich größere Freiheit erlangen – wenn wir den Schlüssel hätten.

Wo ist möglicherweise etwas vom Charakter der Bewusstseinsinhalte erkennbar?

Die Bewusstseinsquelle muss ein Subjekt, und das in Form unzähliger Wahrnehmungen, schaffen.